Le Livre de Poche Jeunesse

TIREZ PAS
SUR LE SCARABÉE!

PAUL SHIPTON

TIREZ PAS SUR LE SCARABÉE !

Traduit de l'anglais
par Thomas Bauduret
Illustrations :
Pierre Bouillé

L'édition originale de cet ouvrage
a paru en langue anglaise
chez Oxford University Press,
sous le titre :
BUG MULDOON AND THE GARDEN OF FEAR, en 1995
Cette traduction est publiée en accord avec Oxford University Press.
© Paul Shipton, 1995.
© Hachette Livre, 1996, 2002 pour la présente édition.
43, quai de Grenelle, 75015 Paris.

1

Le privé en a plein les pattes

Écœuré, le soleil se mit à descendre vers l'horizon. Je partageais son sentiment. La journée avait été longue, et le pire, c'est qu'elle était loin d'être terminée. J'avais l'impression d'avoir fait dix fois le tour du Jardin. Normal : c'est ce que j'avais fait. Mes pattes me faisaient un mal de chien – toutes les six – et je commençais à en avoir ma claque de cette affaire. Je ne désirais rien d'autre que ramper sous le premier rocher venu. Mais un insecte doit faire son devoir d'insecte. C'est pour ça qu'on me payait.

Je m'appelle Muldoon, Bug Muldoon. Je suis un limier – un détective privé, si vous voulez mon titre officiel –, le meilleur limier de tout le Jardin, et en plus, le moins cher. À vrai dire, je suis le *seul* privé du Jardin. Du moins le seul qui soit encore en vie.

Je travaillais alors sur une affaire de disparition d'insecte. Rien de bien passionnant, mais dans mon métier, on ne peut pas faire le difficile. Il faut bien gagner sa croûte. Et puis, il faut que je vous raconte comment je m'étais embarqué dans cette galère.

Ce matin-là, j'étais tranquillement installé dans mon bureau, à me demander ce que je pourrais bien faire. Je venais de résoudre une affaire en dehors de la ville. Maintenant, j'étais de retour et cherchais du boulot. Il faut bien nourrir son scarabée, non ? Comme il ne se passait toujours rien, j'en vins à me demander si je ne devais pas me lancer dans un petit nettoyage de printemps. J'y réfléchissais encore une heure plus tard, lorsque s'annoncèrent des clients potentiels : trois perce-oreilles qui rampaient dans le parterre de fleurs. Ce qui éveilla ma curiosité, car les perce-oreilles s'aventurent rarement de ce côté-ci du Jardin. Ils préfèrent rester dans les poubelles près de la Maison, le quartier résidentiel du Jardin.

Pendant un moment, ils se sont attardés près d'un carré d'herbe en échangeant des murmures angoissés. Moi, je me contentai d'attendre. Lorsqu'ils eurent repris courage, ils se dirigèrent vers mon bureau, c'est-à-dire un carré de terre à l'ombre d'un rosier. Ils glissèrent leurs corps bruns et minces à travers les mauvaises herbes qui me servent de porte. Le plus grand des trois s'adressa à moi.

« Monsieur Muldoon ? demanda-t-il.

— Bug. C'est Bug. (Je n'aime pas qu'on m'appelle "monsieur".) Qu'est-ce que vous voulez ? »

Il se présenta sous le nom de Larry. « Chouette nom », pensai-je. C'est lui qui me servit d'interlocuteur. Les deux autres se contentèrent d'acquiescer en guise d'encouragement.

« C'est notre frère Eddie, dit-il. Il a disparu... »

Les deux autres ondulèrent de la tête.

Ils auraient mieux fait de s'abstenir. J'avais l'impression d'avoir entendu leur histoire des millions de fois. Dans le Jardin, un insecte qui disparaît ne fait pas forcément la une des journaux. Cependant, les trois perce-oreilles semblaient attendre que je leur pose des questions : c'est donc ce que je fis. Le client est roi.

« Quand a-t-il disparu ? »

Ce qui, somme toute, était un bon début.

Larry agita ses antennes tout en parlant. C'était un grand nerveux.

« La dernière fois que nous l'avons vu, c'était hier soir, plutôt tard...

— Et a-t-il dit quelque chose ou donné la moindre explication sur l'endroit où il se rendait ? »

Larry hésita. L'un des deux autres en profita pour jeter son grain de sel.

« Il a dit qu'il partait pour la Prairie », balbutia-t-il.

Larry secoua la tête.

« Eddie parlait sans cesse du jour où il partirait pour la Prairie. Mais c'est tout ce qu'il savait faire : parler. Eddie avait une grande bouche, mais lorsqu'il s'agissait de mettre ses projets à exécution, ça... »

J'acquiesçai, mais n'en pensai pas moins. Combien de jeunes insectes innocents rêvaient d'une existence meilleure en dehors du Jardin – c'est-à-dire dans la Prairie au-delà du ruisseau ? Ils croyaient y trouver le paradis. Là-bas, ils ne vivraient plus dans la crainte perpétuelle d'être mangés par un oiseau, une araignée ou le voisin. Bon, moi aussi, j'aime bien les contes de fées, mais je savais que la vie était tout aussi dure dans la Prairie que dans ce trou qui nous sert de demeure. Si Eddie était parti pour la Prairie, rien ne garantissait qu'il y soit arrivé. Ce n'était pas une raison pour refuser des clients.

« Il peut être parti dans cette direction, mais s'être arrêté en chemin. En ce cas, je le retrouverai. »

Je leur dis que j'allais rechercher Eddie, ou du moins des informations sur l'endroit où il pouvait se trouver. Je leur donnai mon tarif journalier – plus les frais – et ils n'eurent pas l'air épouvantés.

Avant qu'ils s'en aillent, Larry se tourna vers moi.

« Au fait, monsieur... Bug, dit-il d'une voix si basse que les autres ne purent l'entendre. Eddie traîne avec des gens pas très recommandables. Il a beaucoup d'amis chez les guêpes. Mais au fond, c'est un brave type...

— Je ferai de mon mieux, Larry. Si je trouve quelque chose, où puis-je vous contacter ? »

Larry me regarda droit dans les yeux.

« Nous habitons dans un petit appart' près des poubelles. Nous y serons. »

Puis ils partirent filant dans l'herbe comme trois torpilles brunes.

2

Sur la piste d'Eddie

Et c'est ainsi que je passai ma journée à arpenter le Jardin, à la recherche d'Eddie le perce-oreille.

J'ai commencé à poser des questions autour du patio. Personne ne put me renseigner. Je croisai une bande de jeunes perce-oreilles qui me dirent qu'Eddie jouait les caïds. Il claironnait sans cesse qu'il voulait quitter le Jardin.

Près des poubelles, je discutai avec une mouche bleue aux pattes maigrichonnes. D'après elle, Eddie le perce-oreille n'était qu'un fauteur de troubles, et il avait certainement fini par s'attirer de gros ennuis. Elle me suggéra d'aller parler aux amis d'Eddie, les guêpes.

Je la remerciai poliment, mais préférai ne pas suivre son conseil. Dans le Jardin, personne ne s'approche des guêpes. Personne, moi comme les autres, n'a envie de se prendre un coup d'aiguillon dans les mandibules.

Je n'avais pas encore de piste, mais je commençais à me faire une idée du disparu. Larry devait avoir raison : le frère Eddie était le genre d'insecte qui brûle d'envie d'aller voir ailleurs si l'herbe est plus verte.

Je préférai concentrer mes efforts sur le quartier est, le plus proche de la Prairie. J'interrogeai tous ceux que je rencontrai : vers, scarabées, mouches, personne n'avait entendu parler d'Eddie. Je commençais à en avoir ras la carapace. Il devait bien y avoir quelqu'un qui l'avait vu ?

J'étendis mes recherches vers le sud. Pendant des heures, je piétinai de l'herbe, du terreau, du ciment, pour revenir sur l'herbe. Et, alors que la journée s'étirait, je commençai à croire qu'il se passait quelque chose. Quelque chose de bizarre. Je n'arrivais pas à dire quoi, mais par rapport à ce matin, tout semblait différent. Il y avait une tension nouvelle dans l'air, comme lorsqu'une tempête va éclater et que vous sentez jusque dans votre estomac qu'il va y avoir de la casse. Tous les insectes à qui je parlais semblaient nerveux, sur la défensive.

Lorsque je dis à une cétoine que je cherchais un perce-oreille disparu, elle me répondit :

µ« Et alors ? Qui n'a pas disparu de nos jours ! »
Puis elle reprit ses occupations.

Et toute la journée se passa ainsi. Je m'étais entre-
tenu avec des dizaines d'insectes sans faire le
moindre progrès. Pas la moindre trace d'Eddie le
perce-oreille. C'est alors que je tombai sur Jake...

Il m'a reconnu d'en haut et est descendu, tout
bourdonnant, pour atterrir devant moi, sur un carré
de gazon. Jake est une mouche des plus ordinaires.
Et complètement accro au glucose depuis le jour où
il est tombé dans un bol rempli de morceaux de
sucre. Maintenant, il n'en a jamais assez. Et lorsqu'il
n'en trouve pas, il se met à trembler comme une
feuille. C'est pour ça que certains l'ont surnommé
Jake la Tremblote. Personnellement, je trouve impoli
d'attribuer des surnoms pareils.

« Comment va, la Tremblote ?

— Ç-Ç-Ça va, B-Bug », balbutia Jake.

Ses yeux à facettes étaient tout révulsés et il oscillait sur ses pattes. Il devait être en manque de sucre
depuis un bon bout de temps.

« Toujours accro à la poudre blanche ?

— En p-p-poudre ou en m-m-morceaux. Ça
f-f-fait un bail, B-Bug. »

O.K. ! finies les politesses. Venons-en au fait.

« Hé, Jake, dis-je, j'ai besoin d'un tuyau.

— Une n-nouvelle affaire, Bug ? »

J'acquiesçai. Parfois, Jake me refilait des tuyaux, et

15

je lui faisais une faveur en échange. C'était un système qui nous convenait parfaitement.

« Je cherche un jeune perce-oreille du nom d'Eddie. Il fricotait avec des drôles de types et racontait qu'il allait partir pour la Prairie... »

Jake réfléchit un instant.

« J'ai entendu dire qu'on avait vu un p-p-perce-oreille près du tas de compost ce matin, vers... vers... »

Il n'arrivait pas à prononcer le mot. Comme s'il risquait de s'attirer le mauvais œil. Je lui donnai un coup de patte :

« Vers la toile d'araignée ? »

Jake la Tremblote acquiesça.

« Il s'en est sorti ? »

C'était vraiment une question idiote : l'araignée qui vivait près du tas de compost était énorme. Lorsqu'on s'aventurait dans ce coin, « s'en sortir » était hors de question...

Donc... le mystère était résolu. Eddie avait fini en casse-croûte pour l'araignée. Le dire à Larry et ses potes ne serait pas si facile. Mais avant d'aller les trouver, le moins que je puisse faire était de vérifier par moi-même ce qui s'était passé. Simple précaution.

Je me détournai.

« Merci pour le tuyau, Jake. Va donc te trouver un bon morceau de sucre.

— Hé, B-Bug ! me lança-t-il. Sois prudent !

— T'en fais pas, Jake, j'ai pas l'intention de servir de dessert. »

Jake secoua la tête.

« Je ne parle pas du... de... *qui tu sais*. Je veux dire en général. Il se passe de drôles de choses dans le Jardin... »

J'eus un sourire.

« Tout m'a l'air normal. Toujours aussi minable. La routine. »

Mais il avait raison : moi aussi, j'avais remarqué cette atmosphère bizarre. Et qu'avait dit la cétoine ? « Qui n'a pas disparu de nos jours ! »

En général, Jake la Tremblote était un bon informateur. Il jeta un coup d'œil alentour pour vérifier que personne ne pouvait nous écouter et dit :

« D'après la rumeur, c-ce seraient les f-fourmis. »

Tiens donc. En général, les fourmis ne se mêlaient pas au commun des insectes. Voilà qui était intéressant.

« Qu'est-ce qui se passe exactement ?

— Je ne s-sais pas, dit Jake. (Et je le connaissais assez pour savoir qu'il disait la vérité.) Mais c'est un gros c-coup. »

J'y réfléchis un instant.

« Merci du conseil, Jake. Et prends bien soin de toi, d'accord ? »

Il s'en alla. Je le regardai s'éloigner jusqu'à ce qu'il

ne soit plus qu'un point noir filant juste au-dessus de la cime des herbes.

Puis je me dirigeai vers le sud.

*
* *

La toile était énorme. Elle était accrochée à un vieux bidon d'essence d'un côté et, de l'autre, à un râteau posé contre le tas de compost. Ainsi illuminée par le soleil couchant, elle ne manquait pas d'une certaine beauté, mais la perdait vite lorsqu'on se rappelait à quoi elle servait. Je me demandai combien d'insectes avaient trouvé la mort au cœur de ces entrelacs délicats.

Je restai à bonne distance. L'araignée se tenait immobile sur un pan de la toile. Elle était gigantesque. Un monstre pareil avait sa place au cœur de la forêt amazonienne, pas au fond d'un jardin des plus ordinaires.

Et là, accroché à la toile, je vis ce qu'il restait d'Eddie. Du moins c'est ce que je présumai : vu l'état du corps, il n'y avait pas moyen de l'identifier avec certitude. Eddie était tout emberlificoté dans la toile et déjà à moitié dévoré. Ce n'était pas très beau à voir.

Une petite brise se mit à souffler. La toile oscilla au gré du vent, mais l'araignée ne bougea pas d'un poil. Il fallait que je dise quelque chose.

« Salut, Eddie », fis-je bien qu'il n'y eût personne pour m'entendre.

Puis je me retournai et repris ma longue marche en direction des poubelles.

*
* *

La nuit était presque tombée lorsque je retrouvai Larry et ses frères. Ils m'attendaient près d'une fissure dans les dalles du perron. En constatant que j'étais seul, ils eurent l'air déçus.

« Du nouveau ? demanda l'un des plus jeunes frères.

— Bien sûr, fiston, répondis-je. J'ai rencontré un moustique qui m'a dit avoir vu un perce-oreille ce matin, près de la clôture du quartier est. Il semblait correspondre au signalement d'Eddie.

— Que faisait-il ? Où était-il ? fit le Petit Frère Numéro Deux.

— Eh bien, il ne s'en souvenait pas très bien – les moustiques ne sont pas très malins, comme vous le savez. Il aurait dit simplement de saluer ses frères de sa part, de leur faire savoir que tout allait bien et qu'il avait hâte de commencer sa nouvelle vie dans la Prairie. »

Les deux plus petits perce-oreilles échangèrent un sourire soulagé. Larry n'était pas si convaincu.

« Donc, fit-il d'un ton las, je présume qu'on vous doit une journée de salaire ? »

Je secouai la tête.

« Aujourd'hui, offre spéciale sur les recherches d'insectes disparus. Il y a un discount de 100 %. Mettons que vous me devez une faveur. Ça vous va ? »

Larry acquiesça. Je me détournai, les laissant discourir sur ce que pouvait bien faire le frère Eddie à ce moment même. Je tricotai des pattes et m'engageai sur la pelouse. C'était bon de marcher à nouveau dans l'herbe. J'ai horreur du béton.

Je ne savais pas pourquoi j'avais menti à Larry et aux gamins. C'était une impulsion subite. Peut-être que sous ma carapace de dur se cache un cœur tendre.

Mais une chose était sûre : j'avais besoin d'un verre.

3

Des fourmis dans les pattes

Chez *Dixie's*, c'était l'heure de pointe. Le bar était bourré à craquer d'insectes venus de tous les coins du Jardin pour une seule et unique raison : s'amuser un brin. Toutes les espèces étaient représentées, et personne ne se serait permis de dévorer son voisin. Chez *Dixie's*, la règle d'or est très simple : *on ne mange que ce qui est au menu*.

Je me suis frayé un chemin jusqu'au bar. Une bande de jeunes cafards en provenance de la Maison y noyaient leur ennui. Un cloporte exhibait sa carapace à une ravissante mite qui semblait s'ennuyer ferme.

Je m'installai sur mon tabouret habituel et saluai

Dixie d'un hochement de tête. Il traînait à l'autre bout du bar et mâchonnait un bouton de coquelicot tout en discutant avec un bourdon. En me voyant, il agita paresseusement une antenne.

Dixie est un brave type, mais il est un peu gluant, si vous voyez ce que je veux dire. Normal : c'est une limace. Lorsqu'il est arrivé dans le Jardin, il y a quelques années de ça, il a installé son bar sous l'abri de feuilles de rhubarbe. Un jour, je lui ai fait une fleur – si j'ose dire –, et depuis, je suis toujours le bienvenu chez *Dixie's*.

Lorsque la serveuse, une ravissante libellule, vint prendre ma commande, je lui demandai ma boisson habituelle – du nectar avec un brin de sève – et m'installai tranquillement assister au spectacle. Un faucheux effectuait un numéro de claquettes. Les abeilles de l'orchestre bourdonnaient un air passablement endiablé. Les six pattes du faucheux tricotaient si vite que je me sentis fatigué rien qu'à le regarder. Je détournai donc les yeux.

J'étais venu chez *Dixie's* pour oublier mes soucis, mais mon esprit ne cessait de revoir les événements de la journée.

L'affaire semblait pourtant bien simple : un jeune perce-oreille tout frétillant à l'idée de voir le vaste monde, une araignée affamée attendant son casse-croûte. Fin de l'histoire. Avec un petit air de déjà-vu.

Et pourtant, il y avait quelque chose qui me trottait sous les élytres et me démangeait sous la carapace. D'abord, pourquoi Eddie serait-il allé vers le tas de compost ? D'après son frangin Larry, Eddie parlait sans cesse de partir pour la Prairie. Mais le tas de compost était dans la direction opposée. Alors qu'allait-il faire à l'autre bout du jardin ? Et pourquoi s'était-il jeté tête baissée dans une toile d'araignée ?

Quoi ? Où ? Pourquoi ? Toutes ces questions bourdonnaient dans mon esprit comme des moucherons autour d'une lampe. Et pas de réponse en vue. Sans oublier tous ces insectes qui n'en finissaient pas de disparaître, cette tension qui imprégnait le Jardin comme la fumée d'un feu de camp. D'une certaine façon, j'étais sûr que Jake était dans le vrai : les fourmis mijotaient un sale coup.

Mieux valait me détendre, arrêter de réfléchir. Parfois, les choses arrivent toutes seules, et il est préférable de ne pas savoir pourquoi.

Soudain, les feuilles de l'entrée s'ouvrirent et deux soldats fourmis firent leur apparition. Tout le bar eut un hoquet collectif de surprise : il est rare de voir des fourmis dans le coin. *Dixie's* n'est pas vraiment leur genre d'établissement.

« Messieurs, que me vaut l'honneur ? » mentit Dixie aux deux fourmis qui s'approchaient d'un pas cadencé.

La voix du patron était plus baveuse que d'habitude. Les fourmis l'ignorèrent. Elles passèrent le premier rang et se dirigèrent vers la scène. Je ne pouvais distinguer leurs grades. Allez donc savoir avec les fourmis ? Toutes deux se mirent à pousser les clients hors de leur chemin.

Je ne sais à quel moment je réalisai leur destination finale, mais en tout cas, elles vinrent se planter juste en face de ma table. « Super ! me dis-je. De quoi finir la journée en beauté. »

Le premier soldat s'adressa à moi.

« Bug Muldoon », fit-il d'une voix dépourvue de toute émotion.

Ce n'était pas une question. Je bus une gorgée de nectar et les regardai tranquillement.

« Qu'est-ce que vous lui voulez ?

— Vous allez venir avec nous », répondit la seconde fourmi.

Sa voix était tout aussi morne que celle de son collègue. De vrais boute-en-train, ces deux compères. J'eus un sourire.

« Du calme, les enfants. Inutile de *fourmiller* d'impatience. »

Ils ne comprirent pas le jeu de mots. Cela n'avait rien pour m'étonner : les fourmis ne sont pas réputées pour leur sens de l'humour.

Tout le monde tendait l'oreille pour saisir des bribes de notre conversation. La musique avait cessé, et le faucheux avait l'air de ne savoir que faire de ses six pattes. Dixie nous jetait des regards angoissés. Ce genre d'intrusion n'était pas bon pour ses affaires.

« Je ne crois pas qu'il ait compris, fit la première fourmi à son compagnon. Répète ta question. »

La seconde s'exécuta :

« Vous allez venir avec nous. Et tout de suite. »

J'acquiesçai. J'étais plus gros que les deux soldats mis bout à bout, mais je n'avais pas le choix et je le savais. Les fourmis voyagent rarement par paire. Tout un bataillon devait les attendre là dehors. C'est toujours pareil avec elles. Il y en a beaucoup.

Je terminai mon verre et les suivis au-dehors. En passant devant Dixie, je désignai son danseur resté sur scène.

« Celui-là, c'est un bon, Dixie. Prends-en bien soin.

— Pas de problèmes, Bug. À bientôt. »

En fait, Dixie devait se dire qu'on n'entendrait jamais plus parler de Bug Muldoon. Et cette idée semblait l'attrister. C'était déjà ça.

Nous sommes sortis dans la fraîcheur de la nuit. La lune était haute dans le ciel. Elle arborait un air très suffisant, comme si elle avait d'autres occupations plus importantes que d'observer ce qui se déroulait en dessous d'elle. Parfois, je regarde la lune et je me demande ce qu'elle pense de nous, pauvres rampants.

J'avais raison : une petite troupe de fourmis en formation de combat était stationnée près des feuilles de rhubarbe qui servent d'entrée chez *Dixie's*. Il devait y en avoir une quarantaine.

La première des deux fourmis qui m'escortaient se tourna vers moi.

« Nous n'avons pas beaucoup de temps. Veuillez me suivre. »

Elle se dirigea vers la pelouse. Je la suivis, et tout le bataillon se mit en branle. Quoi qu'il puisse se passer, je n'avais pas une chance de pouvoir m'échapper. Elles étaient bien trop nombreuses.

« Hé, coco ! lançai-je à la fourmi qui ouvrait la marche. Vous avez l'avantage du nombre. »

Elle ne répondit pas. Je continuai :

« Vous connaissez mon nom, mais je ne connais pas le vôtre. »

La fourmi daigna me parler, mais sans me regarder :

« Je suis Lieutenant, 3e Division, Escadron Bêta.

— C'est bien joli, tout ça, mais ce n'est pas un nom. Comment vous appellent vos chefs ?

— Je suis X437-TKP », répondit la fourmi.

J'aurais dû m'en douter. Seules les grosses huiles de la colonie ont droit à un nom, en guise de titre honorifique. Les autres doivent se contenter d'un numéro de matricule.

« Joli nom, commentai-je. Vos potes disent juste X4 ? »

Pas de réponse.

« Pour moi, ajoutai-je, "Frank" vous irait mieux. »

Toujours pas de réponse. Je laissai tomber les travaux d'approche.

Nous étions arrivés au bord de la pelouse. Il était plus facile de marcher sur l'herbe, et nous avons pris de la vitesse. Je sentis des centaines d'yeux qui nous regardaient de derrière les brins d'herbes plongés dans les ténèbres. Mais je ne vis personne. La plupart des insectes se planquent lorsqu'ils croisent une colonne de fourmis.

Et en général, ils ont de bonnes raisons pour cela. Nul ne veut se mettre les fourmis à dos. C'est la communauté la plus forte de tout le Jardin – plus puissante que les guêpes elles-mêmes. Quoi qu'elles disent, les fourmis ont toujours raison. Ce qui n'est pas si mal, d'ailleurs. Au moins, elles maintiennent un semblant d'ordre dans ce fichu Jardin.

La fourmilière se trouve en plein milieu de la pelouse. Les gens ne savent pas trop ce qui s'y passe et, d'ailleurs, personne n'a envie de le savoir. Je ne pouvais m'empêcher de penser à ce qu'avait dit Jake. Il faut faire attention... les fourmis préparent quelque chose.

Soudain, celui qui ouvrait la marche, cette fourmi à la conversation si passionnante, s'arrêta net. Tout le monde en fit autant avec un ensemble parfait. C'était presque inquiétant de les voir agir toutes au même moment. Les fourmis ont une façon de communiquer par signaux chimiques qui passent de l'une à l'autre. Du coup, elles peuvent toutes réagir au quart de tour, comme si leurs esprits étaient reliés entre eux.

Nous nous tenions face à l'une des entrées de la fourmilière. À priori, ce trou n'avait rien de bien inquiétant, mais il donnait sur tout un réseau de tunnels dans lequel il était facile de se perdre. Il valait mieux ne pas s'y aventurer.

« Je passe en premier et vous allez me suivre, dit X437-TKP. Il est inutile d'essayer de vous échapper. »

Et il partit vers l'entrée qui menait au plus profond du labyrinthe qu'était la fourmilière.

« Pas de problème, Frank. »

J'essayais de faire le malin, mais tout ceci me plaisait de moins en moins...

4

Le privé fonce dans la fourmilière

Je suivis la fourmi que j'avais surnommée Frank dans le tunnel. Je me sentais un peu serré aux entournures – je suis bien plus gros qu'une fourmi –, ma carapace éraflait les parois de terre friable. Le bataillon s'engouffra à ma suite.

Je n'y voyais goutte. Lorsqu'il y avait un tournant, mon mentor criait « À gauche ! » ou « À droite ! ». D'abord, j'essayai de me souvenir des directions qu'il choisissait, mais il y avait tant de tours et de détours que je finis par m'emmêler les pinceaux. Je savais seulement que nous restions dans le couloir central : il y avait bien des passages plus petits qui débouchaient dans le nôtre, mais seule une fourmi pouvait s'y glisser.

Après avoir piétiné en aveugle pendant une éternité, nous avons émergé dans une vaste salle. Elle était faiblement éclairée, mais au moins, je pouvais distinguer quelque chose. L'ennui, c'est que le spectacle n'avait rien d'encourageant.

Plusieurs rangées de fourmis s'alignaient face au mur. De toute évidence, c'était une force indéracinable, les gardes d'élite de la fourmilière. Impressionnant ! À côté de ces bonshommes, ceux qui m'avaient ramassé chez *Dixie's* n'étaient que des moucherons. D'autres gros pontes paradaient de-ci, de-là, mais au centre de la salle se trouvait celle qui m'avait fait venir… la Reine des fourmis en personne.

J'avais entendu des rumeurs à son propos – comme tout le monde – mais ne l'avais jamais vue. Elle était énorme, six ou sept fois la taille d'une fourmi ordinaire, et ne semblait pas très agile. Rien d'étonnant à cela : depuis ce jour, il y a des années, où elle avait quitté le Nid qui lui avait donné naissance, elle n'était pas sortie dans le monde extérieur. Après un bref moment de liberté aérienne, elle avait atterri et fondé cette colonie. Et depuis, elle se contentait de rester là, de grossir et de produire des petites fourmis. *Beaucoup* de petites fourmis.

Mon escorte me poussa en avant et dit :

« Bug Muldoon, Majesté. »

La Reine me jeta un regard glacial.

« Voilà donc le tristement célèbre Bug Muldoon, détective privé... Dites-moi, vous qui êtes un scarabée, d'où vous vient votre nom[1] ?

— C'est une longue histoire, mademoiselle, et je vous la raconterai peut-être un jour... »

L'une des fourmis de la garde impériale fit claquer ses mandibules de façon menaçante. Je présume qu'il était inconvenant d'appeler la Reine « mademoiselle ».

« En ce cas, monsieur Muldoon, dit Sa Majesté, j'ai une autre question à vous poser. Combien croyez-vous que nous soyons dans cette colonie ? »

Je ne suis pas très doué pour les devinettes, mais pour faire plaisir à la dame, je tentai :

« Huit... dix mille ?

— Réponse fausse, fit la Reine, et sa voix descendit d'une octave : nous ne sommes qu'*un*, monsieur Muldoon. Peu importe le nombre d'individus, le Nid ne compte qu'un seul et unique être vivant. Chaque fourmi n'existe que pour servir le Nid. Sans lui, nous ne sommes rien. Grâce à lui, nous sommes complètes. »

Je haussai les épaules.

---

1. *Bug* désigne une punaise et, par extension, les insectes qui envahissent les habitations humaines. *(N.d.T.)*

« Bon, donc, à dix mille près, j'avais touché juste. Et où voulez-vous en venir ?

— Sachez, monsieur Muldoon, que j'ai été mise au courant de... (elle chercha les termes appropriés)... une nouvelle situation qui s'est développée ici même, au cœur de la fourmilière. »

Elle s'octroya une pause pour faire durer le suspense. J'attendis qu'elle se décide.

« Certains d'entre nous ont choisi de rejeter notre façon de vivre. Ils sont devenus... des *individualistes*. »

À la façon dont elle prononça ce mot, on aurait dit qu'il la révulsait.

J'eus un sourire torve. À ma connaissance, jamais une fourmi n'avait montré la moindre trace de personnalité propre. C'était un fait bien établi : elles se contentaient d'œuvrer pour le bien de la colonie. Elles ne savaient pas ce que c'était que d'avoir quelque chose à soi – la notion même d'individu leur était étrangère.

Mais, apparemment, ce n'était plus le cas. Et, si vous voulez mon avis, c'était plutôt un progrès.

« Et alors ? Qu'y a-t-il de si terrible ? Pourquoi quelques fourmis ne se mettraient-elles pas à penser pour elles-mêmes ? Laissez-les donc respirer un peu. La vie est si courte, pourquoi ne pas prendre un peu de bon temps... »

Je sentis une vague de révulsion secouer la salle. Je préférai enfoncer le clou :

« Et si quelqu'un veut se retrouver et faire des trucs pour lui-même ? Dans la fourmilière, on ne peut jamais être seul, vous le savez mieux que moi. Pour une jeune fourmi, c'est un peu pesant.

— Dans la fourmilière, corrigea la Reine, on n'est jamais SOLITAIRE. Vous n'avez pas l'air de comprendre, monsieur Muldoon. Un tel phénomène menace les bases mêmes de notre existence, et il faut l'étouffer dans l'œuf. »

Elle avait haussé le ton, et sa voix résonna dans la salle souterraine.

« Bon, bon, dis-je. Mais qu'est-ce que je viens faire dans cette histoire ?

— Nous avons besoin de votre aide pour identifier les coupables, répondit-elle. Bien sûr, vos services seront dûment rémunérés.

— Un instant. Si je comprends bien, vous avez le commandement de la plus grosse armée de tout le Jardin, des milliers et des milliers de fourmis qui vous obéissent au doigt et à l'œil, et toutes disposées à traquer ces "coupables"... mais vous voulez refiler le bébé à un détective privé ?

— Exact, monsieur Muldoon. Il est vrai que j'ai d'immenses ressources à ma disposition. Et pourtant... nos troupes ont échoué à localiser le moindre criminel. N'est-ce pas, commandant Krag ? »

Elle jeta un regard farouche à l'une des grosses huiles qui se tenaient à ses côtés. Ce devait être le chef de la police militaire ou quelque chose comme ça. En tout cas, pour avoir droit à un nom, il devait être haut placé dans la hiérarchie. Le Krag en question opina courtoisement et me jeta un regard furibond.

« Le temps est venu de choisir un nouvel angle d'attaque, dit la Reine. C'est le moment d'employer un élément extérieur, un indépendant tel que vous, monsieur Muldoon.

— Et si je refuse ? »

Elle se tourna à nouveau vers le chef de la police militaire.

« Commandant Krag ?

— S'il ne veut pas coopérer, fit Krag sans même me regarder, son cadavre nous sera très utile. Nos larves seront heureuses de varier un peu leur alimentation.

— Ce serait regrettable, dit la Reine. Il est plus facile de trouver de la nourriture que des insectes disposant d'un tel potentiel. »

Vous parlez d'un choix ! Soit je me laisse embaucher par la Reine de la colonie, soit je finis en plat de résistance pour ses enfants. Difficile...

Je laissai parler mon instinct :

« D'accord. Je commence quand ? »

D'une certaine façon, j'aimais bien la fourmi en chef. C'était une des légendes vivantes du Jardin

– la grande « matriarche » de la fourmilière. Cela faisait des années que le Jardin vivait en paix – en grande partie grâce à elle et à la façon dont elle gouvernait le Nid. Et puis cette histoire de fourmis individualistes m'intriguait au plus haut point. Je n'allais pas rater ça.

« Très bien, conclut la Reine. Le commandant Krag va vous fournir tous les détails nécessaires. Et, monsieur Muldoon, j'espère que vous ne me décevrez pas. »

On me conduisit vers une chambre plus petite. La fourmi du nom de Krag me suivit, escortée de quelques soldats à l'air menaçant. Une fois à l'intérieur, Krag fourra son sale museau contre mes mandibules.

« Je ne vous aime pas, Muldoon, souffla-t-il.

— Oh ? répondis-je. Vous voulez dire qu'il va falloir annuler le mariage ?

— Je veux bien croire que notre Reine sait ce qu'elle fait, continua-t-il, mais je considère qu'elle insulte la glorieuse armée des fourmis en embauchant un vulgaire scarabée pour faire notre travail.

— Hé ! mon pote, je n'ai pas demandé à venir ici. On m'a forcé à prendre cette affaire. Et tout ça parce que je n'aime pas finir en plat de résistance...

— Silence ! rétorqua Krag. Vous ferez de votre mieux pour localiser les Individualistes afin que nous puissions extirper ce cancer avant qu'il ne ronge la

fourmilière. Et dès que vous aurez des informations...
quelle que soit leur nature... vous viendrez me faire
votre rapport. C'est compris ? Même si vous ne trouvez rien du tout, vous vous présenterez au rapport
dans deux jours. Me fais-je bien comprendre ? »

Il se rapprocha à nouveau, si près que je pus sentir son odeur.

« J'ai toutes les raisons de croire que le cerveau de
ces maudits Individualistes est une fourmi avec un
signe particulier bien précis : une petite tache
blanche sur la tête. Vous devez la retrouver. C'est une
affaire de la plus haute importance. Si vous la déni-
chez, nous pourrons peut-être vous laisser en vie...
Des questions ?

— Rien qu'une. Vous êtes libre samedi soir ? »

*
* *

La fourmi que j'appelais Frank me ramena à la surface. En chemin, j'essayai de lui soutirer un complé-
ment d'informations :

« Dites-moi, qu'y a-t-il de si terrible ? Pourquoi
traite-t-on une poignée d'individualistes comme une
menace envers la fourmilière tout entière ? »

X437–TKP-Frank s'arrêta net. Si je n'avais pas su
ce que je savais, j'aurais cru détecter une pointe
d'émotion dans sa voix.

« Une fourmi n'a qu'un seul but dans l'existence :

servir le Nid. Chacun de nous n'est qu'une partie d'un grand tout. Une fourmi individualiste est une absurdité. C'est comme si un œil ou une patte voulait se séparer de votre corps pour vivre sa vie.

— Vous n'avez jamais envie de penser par vous-mêmes ? demandai-je. De prendre vos propres décisions ? »

La fourmi secoua la tête.

« Les décisions sont superflues. Il n'y en a qu'une seule envisageable, celle d'obéir aux ordres et de servir la communauté. »

Il faut reconnaître que, vu sous cet angle, ce n'était pas si terrible. L'idée de ne plus avoir à réfléchir pour soi-même, de savoir avec certitude que les milliers d'autres fourmis qui peuplaient le Nid partageaient les mêmes pensées... c'était plutôt *rassurant*. La sécurité est un concept qui m'est relativement étranger.

Nous étions arrivés face à l'entrée.

« L'ennui, c'est qu'il y a toujours un moment où il faut décider seul, qu'on le veuille ou non », dis-je.

Mais la fourmi ne s'intéressait pas à mes perles de sagesse : elle avait déjà tourné les talons pour rejoindre la fourmilière.

« Ce fut sympa de discuter avec toi, Frankie », soupirai-je.

5

Une fine mouche
et une grande sauterelle

Le lendemain, je fis quelque chose d'assez inhabituel : je me levai tôt. Pas que ça me plaise, mais il valait mieux ne pas perdre une minute si je voulais résoudre cette affaire. J'aime bien mon corps tel qu'il est et n'ai pas envie de le voir finir dans l'estomac de micro-fourmis. C'est vrai, je suis un peu égoïste sur ce coup-là.

La nuit dernière, avant que je ne quitte la fourmilière, le commandant Krag m'avait révélé ce qu'avaient découvert ses troupes : que les Individualistes avaient un lieu de rendez-vous secret près de la Maison. Mais ils n'avaient pas réussi à infiltrer ce groupe et n'avaient pas la moindre idée de l'endroit où ils se réunissaient. Les dernières paroles de Krag furent :

« Nous vous surveillons, Muldoon. De très près... »

Je regardai autour de moi pour voir si la voie était libre. Baigné par les premières lueurs de l'aube, le Jardin semblait bien paisible. Mais je savais que ce n'était qu'une illusion. À cette heure du matin, il faut faire très attention : les oiseaux sont en pleine forme et ne demandent qu'à se mettre un bon gros insecte sous le bec en guise de petit déjeuner.

« La première chose à faire est de retrouver Jake la mouche dit Jake la Tremblote. »

Peut-être avait-il pu glaner d'autres informations ? De plus, je n'avais pas l'ombre d'une piste de rechange. Je partis au moment où le soleil risquait un œil prudent au-dessus de l'horizon.

En me frayant un chemin dans les herbes, je tombai sur quelque chose de bizarre. C'était un gros tas d'un machin rose et gélatineux. Je le tâtonnai du bout de l'antenne. Jackpot ! Du sucre ! Un morceau de chewing-gum qu'un humain négligent avait recraché dans l'herbe. Je ne suis pas dingue du sucre, mais me figurai que Jake la Tremblote apprécierait. De plus, une dose de sucre pouvait toujours turbocompresser sa mémoire. Je ramassai donc le morceau de chewing-gum et l'emportai sur mon dos.

Au bout de quelques minutes, une voix surexcitée

en provenance d'un parterre de coquelicots à ma gauche s'écria :

« Hé, Bug ! »

J'eus un soupir.

« Qu'est-ce qu'il y a, fiston ? »

Billy est une chenille. C'est un brave garçon, mais un peu trop enthousiaste, si vous voyez ce que je veux dire. Et si tôt le matin, c'est une calamité.

« Qu'est-ce que t'as trouvé, Bug ? piailla-t-il si fort qu'il me colla la migraine.

— Un chewing-gum. Je commence à en faire la collection. »

Je repris mon chemin, mais Billy ne l'entendait pas de cette oreille.

« T'es sur une affaire, Bug ? brailla-t-il, tortillant son corps grassouillet couleur vert pomme.

— Un peu.

— Je peux venir avec toi, dis ? » supplia-t-il.

Il était si bouleversé que tous les poils drus qui recouvraient son corps se dressèrent.

« Désolé, Billy. Je travaille seul, tu le sais bien. »

Il ne put cacher sa déception.

« Enfin, Bug, comment veux-tu que je devienne détective si je ne peux même pas t'observer ? Il faut bien que j'apprenne les ficelles du métier. »

Je m'arrêtai net et me retournai.

« Écoute, fiston, je te l'ai déjà dit un millier de fois : il n'est pas question que tu deviennes détective.

Tu as bien mieux à faire. Tu ne resteras pas une chenille toute ta vie. Un jour, tu vas te transformer en papillon, et tu pourras enfin quitter pour de bon ce fichu Jardin. Compris ? »

Billy fit la moue.

« Je ne veux pas devenir un papillon ! J'veux être un privé comme toi, Bug ! »

J'éclatai de rire.

« Désolé, fiston, mais la nature a décidé pour toi ! »

J'allais reprendre mon chemin lorsque je remarquai une ombre qui passait au-dessus de nous. Il y eut comme un courant d'air. Nom d'une sauterelle ! C'était un oiseau, plus précisément une pie, et elle nous avait repérés !

Vous connaissez les scarabées bombardiers ? Si quelque chose les attaque, ils émettent un jet d'un produit acide capable de chasser n'importe qui – une araignée, un autre insecte, même certains oiseaux. Personne ne cherche des noises à un scarabée bombardier.

L'ennui, c'est que je ne suis pas un bombardier. Juste un scarabée des plus ordinaires. Et je vais vous dire, on était mal barrés.

La pie atterrit juste entre moi et Billy. Elle eut un jacassement de triomphe, et ses yeux passèrent de l'un à l'autre. Elle choisissait le plus beau morceau.

Billy resta là, paralysé par la frayeur. Il fallait que

je fasse quelque chose. J'aidai donc l'oiseau à se décider : je filai entre les herbes, sans lâcher mon bout de chewing-gum. La pie tenta de me poignarder de son bec acéré comme un couteau. Elle le planta dans le sol. Quelques centimètres plus à gauche et ma carrière s'arrêtait là.

Je changeai de direction, partis en zigzag. La pie poussa un cri irrité et piqua à nouveau du bec. Elle rata encore son coup, mais de peu. Elle visait de mieux en mieux.

C'est là que je jouai le tout pour le tout. Je m'arrêtai net et levai le chewing-gum, haut au-dessus de ma carapace. La pie s'apprêta à plonger. Sa silhouette immense me dominait, occultant le soleil. Au dernier moment, je jetai le chewing-gum et sautai de côté. Le bec poignarda le tas gluant.

Elle leva à nouveau la tête et voulut pousser un cri de surprise, mais en vain. Le morceau rosâtre scellait son bec aussi sûrement qu'un bâillon. L'oiseau secoua frénétiquement la tête pour s'en dépêtrer, mais en vain. Il me jeta alors un regard de colère et de frustration, puis s'envola en direction des arbres.

« Wow, fit Billy, c'était du tonnerre !

— Ne te laisse pas impressionner trop facilement, fiston », dis-je.

Mais Billy revoyait déjà la rencontre en l'embellissant quelque peu :

« Prends ça, sale oiseau ! Mange ça ! Personne ne

dévore Bug Muldoon, détective privé... ou son équi-
pier Bill la Chenille... »

Je secouai la tête et repris mon chemin.

*
* *

Une heure plus tard, j'avais retrouvé Jake la Tremblote. Le soleil tapait déjà dur, et la brise n'offrait pas
beaucoup de fraîcheur. Encore une journée de cani-
cule qui s'annonçait.

« J'avais un cadeau pour toi, dis-je à la mouche, un
morceau de chewing-gum, mais je l'ai donné à
quelqu'un qui en avait plus besoin que toi. »

Jake haussa tristement les épaules et se frotta les
pattes de devant comme le font les mouches. Je répri-
mai un frisson.

« C'est pas g-grave, Bug. Je suis t-tombé sur un
morceau de chocolat oublié sur le t-trottoir. »

C'était vrai : il tremblait moins que d'habitude.

« P-pourquoi voulais-tu me voir ? »

Nous nous trouvions à l'ombre d'un buisson de
rhododendrons. Nous nous étions volontairement
mis en retrait : je ne voulais pas que quelqu'un sur-
prenne notre conversation. Et je restais vigilant.

« Ce que tu disais hier, que les fourmis mijotaient
quelque chose : eh bien, tu avais raison. »

Je lui racontai ce qui m'était arrivé la nuit précédente. En entendant mon récit, la Tremblote se mit

à mériter plus que jamais son surnom. Je lui demandai s'il avait déniché d'autres tuyaux. Il secoua la tête.

« P-p-pas vraiment, dit-il. Mais il p-paraît qu'on a vu passer quelqu'un qui posait beaucoup de questions. Une sauterelle, une nouvelle venue qui b-bosse dans le quartier ouest. P-p-peut-être qu'elle sait quelque chose...

— Une sauterelle, hein ? Eh bien, au point où j'en suis, je peux bien l'écouter. »

6

Bug Muldoon prend un ver

En général, je n'aime pas trop m'approcher des sauterelles. Dans mon métier, il vaut mieux garder un profil bas, et les sauterelles ne connaissent pas ce terme. Dans le Jardin, elles servent de bulletin d'informations ambulant. Elles savent tout ce qui s'y passe, et le racontent à qui veut les entendre. N'importe qui. Parfois, avant de balancer leurs salades, elles modifient quelques petits détails. Certains appellent ça de la « licence poétique ». Pour moi, c'est du mensonge pur et simple.

Mais, à en croire Jake, cette nouvelle venue était différente. Elle racontait les choses telles qu'elles s'étaient déroulées, savait quand bavasser et quand il valait mieux se taire. Voilà qui ne ressemblait guère aux sauterelles de ma connaissance. Autant aller voir par moi-même de quoi il retournait.

Je ne mis pas longtemps à la trouver. Elle était assise à l'ombre de la table à pique-nique. Elle ne disait rien. Ce devait être bon signe. Ses yeux suivirent mon approche.

« Que cherches-tu, mon ami ? » fit-elle d'une voix rauque.

À l'entendre, on aurait dit qu'il se passait quelque chose de bizarre. C'était peut-être le cas.

« Je m'appelle Muldoon, dis-je. Bug Muldoon. Je suis détective privé. »

Elle acquiesça sans trop d'enthousiasme. Ses antennes minces ondulaient au rythme de la brise.

« Je m'appelle Velma. Que voulez-vous, monsieur Muldoon ?

— Un ami à moi m'a dit que vous pourriez m'aider à résoudre l'affaire dont je m'occupe.

— Ça dépend, dit-elle calmement.

— De quoi ?

— De qui est votre ami et de la nature de votre affaire. »

Pas de doutes, cette sauterelle connaissait la musique.

« L'ami en question est une mouche du nom de Jake. Vous le connaissez ?

— J'en ai entendu parler.

— Et je suis sur un gros coup. Mon affaire concerne les fourmis. »

Elle perdit son air amusé, d'un coup, comme si on avait appuyé sur un bouton. Elle sauta sur ses pattes de derrière fuselées.

« Qu'est-ce que les fourmis viennent faire là-dedans ? » demanda-t-elle d'un ton pressant.

J'imagine qu'elle avait flairé un « scoop ». J'eus un sourire.

« Je croyais que c'était *moi* qui posais les questions. »

Le visage de Velma était tout près du mien. Cela n'avait rien de désagréable. Sa voix se fit murmure :

« Écoutez, mon ami, il est possible que je sache quelque chose, mais je n'ai pas l'habitude de donner des informations à l'œil. »

Elle me plaisait, cette sauterelle. Elle jouait serré. Comme je l'aimais...

« Que voulez-vous ? demandai-je.

— Un échange d'informations, s'écria-t-elle. Vous me dites ce que vous savez et j'en fais autant. »

Je n'étais pas convaincu.

« Pourquoi voulez-vous savoir ce qui se passe chez les fourmis ?

— Parce que je suis reporter ! L'information, c'est mon métier, et mon instinct me dit que je suis sur un "scoop" ! Nous pouvons faire cause commune. »

Voilà qui méritait réflexion. En général, je travaille seul. Mais dans cette affaire, rien ne se déroulait de façon normale. Alors pourquoi pas ? De plus, je n'avais pas la queue d'une piste. Si Velma ne me refilait pas quelques tuyaux, je n'irais nulle part.

« Bon, d'accord, dis-je. Mettons que nous commençons par échanger quelques informations, et nous verrons où cela nous mène. »

Velma ouvrit le feu. Certains parmi ses informateurs lui avaient dit que les fourmis se comportaient de façon bizarre. Il devait y avoir une sorte de rendez-vous secret ce jour même. Velma attendait une confirmation avant de faire quoi que ce soit.

Je la regardai droit dans les yeux.

« Vous ne m'avez pas l'air du genre à attendre avant d'agir. »

Velma eut un sourire.

« Uniquement lorsque mes sources ne sont pas... des plus fiables.

— D'où vient l'information ?

— D'un duo de vers de terre. Ils s'appellent Dax et Dex... Ils traînent du côté du potager. »

Lorsqu'elle eut terminé son récit, je lui dis tout sur ma visite à la fourmilière et la mission que m'avait confiée la Reine.

« Des fourmis individualistes ? fit Velma. Je n'aurais jamais cru... »

Lorsque j'eus à mon tour terminé, Velma me dit :

« Et maintenant ? »

Elle jouait toujours les dures, mais je savais qu'elle en avait pris un coup.

« Je vais rendre une petite visite à vos amis Dax et Dex, déclarai-je.

— Pas si vite ! Je viens avec vous. Il le faut : Dax et Dex ne sont pas du genre bavards. Je sais comment les prendre. Ils sont un peu... bizarres. »

Je souris en pensant : « Qui ne l'est pas ? » Mais je me contentai de dire :

« Je vous suis, mademoiselle. »

*
* *

Une fois arrivés au potager, Velma dut appeler pendant plusieurs minutes pour que les vers daignent répondre.

Tout d'abord, un mufle rose émergea du sol noir. Puis le reste du corps annelé s'extirpa de terre. Un instant plus tard, un second asticot s'annonça. Il était la parfaite réplique du premier.

« Eh..., commença le premier.

— ... bien, termina le second.

— Si ce n'est pas...

— ... notre vieille amie...

— ... Velma la journaliste ! »

C'est ainsi qu'ils s'exprimaient, en se renvoyant la balle, chacun complétant la phrase de l'autre.

« Et...

— ... qui est...

— ... ce...

— ... monsieur ?

— Hmmmm ? »

Velma s'avança sur ses longues pattes vertes.

« Salut, Dax, salut, Dex. Je vous présente Bug
Muldoon. Il m'aide pour un article. »

Deux visages dépourvus d'expression se tournèrent vers moi.

« Bon...

— ... jour.

— Salut, les gars, reprit gentiment Velma. Vous
vous souvenez, quand vous m'avez parlé d'une
réunion secrète des fourmis ? Est-ce que vous pouvez nous donner plus d'informations ?

— Est-ce que...

— ... nous pouvons ? dirent les vers.

— Que ne...

— ... savons-nous pas ?

— Mais cela...

— ... va vous coûter...

— ... bonbon. »

Velma garda son calme. J'ignore comment elle faisait. Ces deux rigolos commençaient à me taper sur
les nerfs.

« Très bien, répliqua-t-elle. Dites-nous ce que vous
savez.

— C'était..., commença Dex.

— ... jeudi.

— Mercredi ! corrigea Dex.

— Jeudi !

— Mercredi !

— Vous êtes sûrs de savoir vraiment quelque chose ? » intervins-je en grinçant des mandibules.

Les vers se tournèrent l'un vers l'autre. Je commençais à comprendre le vrai sens du terme *s'asticoter*.

« Toujours plus que toi.

— Qui sait ?

— Moi, je le sais.

— Tu parles, vermisseau ! Sans moi, tu serais déjà dans l'estomac d'un oiseau.

— Ne m'appelle plus "vermisseau" ! Jamais !

— Ah, ouais ?

— Ouais ! »

Ils criaient de plus en plus fort et semblaient nous avoir complètement oubliés. Velma eut un grand soupir et se tourna vers moi.

« C'est chaque fois pareil. Tôt ou tard, ils finissent toujours par se disputer. »

Je haussai les épaules et désignai les deux vers qui continuaient de hurler.

« Pourquoi restent-ils ensemble ?

— Ils ne peuvent pas se quitter. Autrefois, ils étaient une seule et unique personne – un seul ver.

Mais ils se sont... ou plutôt il s'est fait couper en deux par la pelle de l'Homme de la Maison, un jour où il s'occupait du Jardin. Les deux moitiés ont survécu et sont devenus Dax et Dex.

— Mais ce n'est pas possible, non ? Un ver n'a qu'une seule tête. »

Velma haussa les épaules.

« Si vous trouvez que c'est impossible, allez donc leur expliquer. De toute façon, ils n'ont même pas envisagé de se séparer. Et pourtant, ils se rendent cinglés.

— Vous parlez d'une relation !

— C'est vrai que cela peut paraître bizarre mais que feriez-vous si, soudain, vous étiez *deux* ? Comment vous supporteriez-vous ? »

Je n'eus pas à réfléchir beaucoup avant de répondre :

« Je me détesterais. »

Soudain, le duo de choc cessa de hurler. Les deux vers se dévisagèrent longuement, et lorsqu'ils parlèrent à nouveau, c'était d'une... de deux voix plus calmes.

« C'est...

— ... vraiment...

— ... idiot, ...

— ... n'est-ce...

— ... pas ? »

Et ils se tortillèrent l'un vers l'autre et s'enla-

cèrent. Je détournai les yeux. Ils finirent par revenir à nous.

« Bon, nous disions donc, fit Velma : qu'en est-il
de ce rendez-vous entre fourmis ? »

Et ils nous racontèrent tout.

7

Les insectes naissent tous ego

En fin d'après-midi, Velma et moi nous sommes dirigés vers la Maison. Je marchais d'un pas vif ; Velma bondissait à mon côté. Nous avons pris le chemin des écoliers pour être sûrs de ne pas tomber sur quelqu'un qui puisse soupçonner notre destination. Nous sommes finalement arrivés en bordure de pelouse sans anicroche, et nous avons continué sur le béton.

Les poubelles se trouvaient sur la droite – j'eus soudain une pensée pour Larry le perce-oreille et ses frères – mais nous nous sommes dirigés à gauche, vers la grille d'égout où devait se dérouler la rencontre. À un moment donné, nous sommes tombés sur un cafard. Il nous jeta un regard las, mais passa son chemin sans rien dire. Les cafards sont comme ça. Ils n'aiment pas voir d'autres insectes s'approcher de la Maison.

Enfin, nous avons atteint le point de ralliement. Nous étions les premiers sur les lieux. Je regardai autour de moi : ils avaient bien choisi. Cette section du patio était dissimulée derrière un buisson et donc invisible du Jardin. Il y avait des fissures dans le béton, juste assez larges pour laisser passer une fourmi, mais rien de plus gros.

Je regardai à l'ouest. Le soleil, qui en avait ras le bol, amorçait sa grande descente. Il était temps de nous trouver une cachette d'où nous pourrions surveiller la rencontre.

« Pourquoi pas là-bas ? » fit Velma en désignant l'embouchure du tuyau de gouttière.

Si nous avions rampé là-dedans, nous aurions eu une vue imprenable, mais je secouai la tête. Non. En cas de soudain afflux d'eau, nous risquions d'être emportés par le déluge et de disparaître sous la grille.

Je savais où aller. Nous avons lentement escaladé la façade de la Maison jusqu'au premier appui de fenêtre. De là, nous pouvions regarder par-dessus l'arête de ciment. Les fourmis ne risquaient pas de nous repérer. C'était un point de vue idéal.

Il ne nous restait plus qu'à attendre.

Pour passer le temps, Velma me raconta pourquoi elle était venue vivre au Jardin :

« Dans le précédent, il ne se passait jamais rien. Une sauterelle doit rester en mouvement si elle veut un jour tomber sur l'histoire de sa vie.

— Et ce jardin est différent de l'autre ? »

Velma me regarda droit dans les yeux.

« Il présente des possibilités intéressantes. »

Puis ce fut son tour de me poser des questions, jusqu'à ce qu'elle en vînt à celle qu'on finit toujours par me demander :

« Vous êtes un scarabée. Pourquoi vous appelle-t-on Bug ? C'est un nom qui conviendrait davantage à une punaise. »

Je haussai les épaules.

« C'est une longue histoire. Un jour, peut-être... »

Pendant que nous faisions connaissance, je continuais de surveiller le pavé en contrebas. Le soleil descendait toujours sur l'horizon.

Je commençais à croire que Dax et Dex nous avaient menés en bateau, lorsque la première fourmi fit son apparition. Elle traversa l'étendue de ciment pour aller se poster près de la gouttière. Une autre la suivit, puis une autre, venant de directions différentes. Plusieurs d'entre elles sortirent des fissures dans la pierre. Il y en eut vite une trentaine massées autour de la gouttière. Toutes s'agitaient nerveusement.

Deux d'entre elles prirent position à l'écart. Elles étaient de garde. Elles surveillaient le patio pour repérer d'éventuels intrus, mais ne levèrent jamais les yeux vers l'appui de fenêtre.

Les autres fourmis formèrent un cercle. L'une d'elles prit la parole. Je me penchai pour mieux entendre.

« Nous pouvons commencer », dit-elle d'une voix différente du bourdonnement monotone des fourmis : celle-ci était chargée d'émotion.

Et les fourmis se mirent à psalmodier :

> *« L'individu plus que le groupe,*
> *L'unique plus que le nombre.*
> *La liberté plutôt que le règlement,*
> *L'amusement plutôt que le devoir. »*

Puis celle qui avait parlé la première reprit la parole :

« En accord avec la règle du Club des individualistes, chaque individu va se présenter *par son nom*, puis partagera son unicité avec les autres. Et... hum !... (Il s'éclaircit la gorge.) Je vais commencer. Je m'appelle Léopold, et je vais vous réciter un poème que j'ai écrit moi-même. »

Velma et moi nous sommes regardés. *Des fourmis qui rédigent des poèmes ? Une fourmi nommée Léopold ?*

Léopold commença d'une voix chantonnante :

« Je crois que rien ne vaut, ma foi,
Un être aussi ravissant que MOI.
Découvrir ma personnalité
M'a rendu heureux et flatté. »

Je fis la grimace. La poésie, ce n'est pas mon truc. Je préfère laisser ça aux abeilles. Et, à voir l'expression de Velma, elle aussi y était insensible.

Mais les autres fourmis n'étaient pas si critiques. Elles émirent des murmures approbateurs et agitèrent leurs antennes pour encourager l'auteur.

Une autre fourmi prit la parole :

« Je m'appelle Fran et j'aimerais effectuer un numéro de danse qui symbolise l'arrivée de l'hiver. »

Elle se mit à tournoyer lentement, levant chaque paire de pattes une par une et ondulant de tout son corps au son d'un rythme imaginaire.

Et cela continua... Chaque fourmi se présentait par son nom – ici, les matricules n'avaient pas cours – puis faisait quelque chose pour exprimer son individualité. L'une d'entre elles jongla avec des morceaux de bois qui ne cessaient de tomber. Une autre se contenta de bondir sur place en criant :

« Regardez-moi ! Regardez-moi ! »

Bon, je suis absolument en faveur de l'individualité, mais je n'avais pas pour autant envie d'assister à un spectacle amateur. J'avais découvert tout ce qu'il me fallait – l'endroit où les Individualistes se rencontraient et ce qu'ils faisaient. J'allais suggérer à Velma que nous en avions assez vu lorsque je m'arrêtai net. Une autre fourmi s'empressait de rejoindre la réunion. Elle hocha la tête vers les deux sentinelles et se dirigea vers le groupe. Alors qu'elle s'approchait, je remarquai une tache blanche sur sa tête. C'était la fourmi que Krag m'avait demandé de chercher.

La nouvelle arrivante rejoignit les autres et dit d'une voix surexcitée :

« Un instant ! J'ai une importante déclaration à faire. »

Apparemment, une telle intervention était en dehors des procédures habituelles et fut saluée par des exclamations réprobatrices.

« Tu connais la règle, Clarissa, dit la fourmi qui s'était présentée sous le nom de Léopold. Avant de parler de quoi que ce soit, tu dois présenter ta nouvelle identité aux autres.

— Mais...

— C'est la règle.

— Mais...

— Pas d'exception. »

La fourmi nommée Clarissa eut un soupir. De toute évidence, elle ne pourrait pas dire ce qu'elle avait à dire, tant qu'elle n'aurait pas fait son tour de piste. Elle annonça qu'elle allait chanter une chanson. Je grognai, m'attendant au pire. Mais, de ce minuscule corps de fourmi, s'éleva un son si pur et si beau que je faillis fondre en larmes. Sa voix était riche et profonde, et pleine de mélancolie. La chanson parlait d'un amour perdu, et son refrain triste planait dans l'air comme une brume de chaleur.

J'écoutais toujours, fasciné par cette voix d'or, lorsque Clarissa se tut à mi-chorus. Un murmure parcourut les fourmis.

Dans le lointain, un bourdonnement sourd approchait.

« Qu'est-ce que c'est ? chuchota Velma. Des abeilles ? »

Je secouai la tête.

« Des guêpes. »

Les fourmis s'égaillèrent sur-le-champ. Plusieurs disparurent dans les fissures, d'autres filèrent sur le béton. Les guêpes n'étaient pas encore en vue, mais le bourdonnement s'enflait. Il fallait fuir, et vite.

« Allez ! dis-je à Velma. Nous devons les suivre. Prenez Léopold, je m'occupe de Clarissa. »

Et nous nous sommes mis à descendre le long du mur.

8

Le privé se jette à l'eau

Une fois au sol, je m'élançai à la poursuite de Clarissa. Celle-ci zigzaguait sur le béton, fonçant vers la pelouse. Il n'y avait pas une guêpe à l'horizon. Pas encore.

Clarissa ne s'aperçut de rien. N'importe quel insecte est capable d'en suivre un autre, mais une filature en bonne et due forme est un art que peu sont capables de maîtriser. Heureusement, je fais partie de ceux-là. J'aurais même pu donner des cours sur le sujet. Je passai d'une couverture à une autre, derrière un pot de fleurs, un outil de jardinage, progressant par sauts de puce. Le comble pour un scarabée.

Une fois dans l'herbe, ce fut beaucoup plus facile :

je pouvais garder mes distances sans quitter Clarissa des yeux. Du gâteau.

Lorsque Clarissa fit mine de s'approcher du buisson, je passai à l'assaut. J'accélérai, la dépassai sur la gauche, puis virai pour lui barrer le passage.

Clarissa fonçait tête baissée, à la façon des fourmis. Du coup, elle ne vit pas que je m'étais collé au beau milieu de sa trajectoire. Je la hélai :

« Belle journée... »

Clarissa ne ralentit même pas.

« ... pour chanter une chanson », terminai-je.

Là, elle freina de toutes ses pattes et s'immobilisa. J'en profitai :

« Qu'est-ce qu'une jolie fourmi comme vous peut bien faire, toute seule par les chemins ?

— Je suis en mission de prospection », répondit Clarissa.

Sa voix n'avait plus ses intonations chaudes et veloutées. À ma grande déception, elle avait repris ce bourdonnement monotone typique des fourmis.

« Et comment vous appelez-vous ?

— Je suis l'ouvrière Y-SVR 966K », fit-elle de sa voix atone.

J'étirai mes ailes d'un air songeur, puis dit :

« C'est bien... mais Clarissa vous va mieux. »

La mascarade était terminée, et elle le savait. Elle resta silencieuse quelques secondes avant de parler à nouveau, d'une voix pleine d'émotion :

« Écoutez, je ne sais pas ce que vous me voulez, monsieur...

— Bug.

— Je ne sais pas ce que vous me voulez, Bug, mais il y a des choses dont il vaut mieux ne pas se mêler. »

Je secouai doucement la tête.

« Désolé, Clarissa. C'est mon métier de me mêler de ce qui ne me regarde pas. Il vaudrait mieux tout me dire au sujet de votre petite société secrète !

— Le Club des individualistes ? C'est de ça que vous voulez parler ? Et rien d'autre ? Vous ne... »

Elle s'interrompit et regarda autour d'elle d'un air anxieux. Tout d'abord, je me demandai ce qu'il y avait, puis je l'entendis moi aussi. C'était un bourdonnement lointain, mais qui s'amplifiait peu à peu. Les guêpes ne tarderaient plus à arriver.

« Il faut que j'y aille, fit Clarissa, tremblante de frayeur. Il faut que...

— Pouvons-nous nous retrouver un peu plus tard ? demandai-je. C'est important. »

Alors que le bourdonnement s'accentuait, la voix de Clarissa atteignit un paroxysme d'épouvante.

« Oui, oui, dit-elle, plus pour avoir la paix que par sincérité. Je vous retrouve dans une heure en face de la statue près du bassin. »

Puis elle s'en alla, se frayant un passage parmi les basses herbes. Juste à temps : quelques instants plus tard, une première guêpe apparut dans le ciel. Elle se mit à planer au-dessus de moi, menaçante. Son aiguillon avait l'air dangereux, et dans un cas pareil, les apparences ne sont pas trompeuses du tout. Les guêpes sont les pires brutes de tout le Jardin. J'en ai connu qui vous auraient transpercé de leur aiguillon rien que pour s'amuser un brin. La règle d'or est : mieux vaut ne pas déranger la guêpe qui dort.

« Toi ! Tu n'as pas vu une fourmi ? me demanda-t-elle d'une voix rugueuse et traînante.

— Bien sûr. J'ai déjà vu plein de fourmis. Mais pas dans le coin et pas récemment.

— Et pourquoi pas une demoiselle avec une tache blanche sur la tête ?

— Non. Mais si je la vois, vous en serez la première informée. »

La guêpe s'approcha, et son bourdonnement se fit assourdissant. Elle essayait de m'intimider. Je fis de mon mieux pour prendre l'air innocent et dus y parvenir, puisqu'elle marmonna :

« Petit malin, va ! »

Et elle s'en alla se faire pendre ailleurs.

« Voilà qui est nouveau, me dis-je en voyant s'éloigner la silhouette jaune et noir. Il serait intéressant de savoir ce que les guêpes ont à voir avec tout ça. » Mais je le saurais probablement dans une heure, lorsque je retrouverais Clarissa.

Durant l'heure suivante, je revis tout ce que j'avais appris sur cette affaire. Je n'avais pas eu beaucoup de mal à dénicher les fourmis renégates – comment s'appelaient-elles ? le Club des individualistes. J'avais glané assez d'informations pour retourner à la fourmilière, balancer le tout à Krag et à la Reine, et ramasser mes honoraires. Avec un peu de chance, je passerais la soirée chez *Dixie's*.

Mais je continuais à penser que quelque chose n'allait pas. Cette histoire ne se limitait pas à quelques fourmis formant un club pour réciter de mauvais poèmes. Pourquoi Krag m'avait-il désigné une fourmi en particulier ? Et pourquoi avait-elle les guêpes aux trousses ? Tout le monde savait que les guêpes et les fourmis étaient les deux puissances dominantes du Jardin. Elles ne s'aimaient guère, mais depuis plusieurs années, elles avaient vécu en paix. Alors qu'est-ce qui se passait ?

Mystère ! Une seule chose était sûre : Clarissa, la fourmi à la voix en or massif, détenait les réponses à toutes ces questions.

J'arrivai en avance au lieu du rendez-vous – le bassin situé au nord-ouest du Jardin. Devant se dresse une petite statue représentant un humain – je présume que l'Homme de la Maison l'a mise là pour faire classe.

Pour nous autres insectes, c'est un excellent point de vue : de là-haut, on peut voir tout le Jardin et même au-delà.

Mais je préférai rester en bas, à attendre Clarissa.

L'heure du rendez-vous passa. Cinq, dix minutes plus tard, toujours pas de Clarissa. Je commençais à m'inquiéter. Peut-être n'avait-elle jamais eu l'intention de venir ? Peut-être voulait-elle juste se débarrasser de Bug Muldoon ?

C'est alors que j'entendis un bruit derrière moi. Je me retournai pour accueillir ma fourmi retardataire, mais ne la vis pas. Je ne vis rien du tout, d'ailleurs. Je reçus un coup sur la tête, et l'univers fut englouti par des ténèbres aussi profondes qu'une nuit sans lune.

*
* *

Lorsque je revins à moi, je n'étais pas très confortablement installé. D'abord, j'étais sur le dos, et mes six pattes s'agitaient inutilement dans les airs. Pire encore, j'étais à l'eau. Le bassin ! On m'avait jeté dans le bassin et laissé pour mort.

Bien. Donc, je flottais pattes en l'air dans le bassin. J'en avais vu d'autres, et des plus saumâtres. Je n'allais pas m'en faire pour si peu.

Soudain, je sentis comme un remous. Quelque chose nageait dans l'eau. Quelque chose de gros. Et qui venait de passer sous moi. C'est là que je commençai à me faire du mouron.

Vous connaissez les scarabées plongeurs ? Ce sont

des nageurs de premier ordre. Ils sont plus à l'aise dans l'eau que sur le plancher des vaches.

Malheureusement, je ne suis pas un scarabée plongeur. Autant dire que j'étais mal barré.

9

Le privé nage complètement

En général, je ne m'approche pas de l'étang – j'aime autant l'eau qu'une mouche les tarentules. Mais j'avais entendu parler de la légendaire carpe. On dit qu'elle est énorme et gouverne le bassin d'une main de fer. Le tyran d'eau dévore tout ce qui s'approche de la surface. Mouches, bourdons... Si la légende était vraie, la carpe n'était pas difficile pour un sou.

Je tournai la tête et regardai au plus profond de ces eaux troubles. Dans les noires profondeurs, je ne pouvais rien distinguer. Puis quelque chose se détacha comme une ombre sur fond d'ombre. C'était la carpe ! Elle sillonnait les abîmes du bassin. Son corps gras était piqueté de blanc et de jaune. Et elle avait l'air affamée.

Elle ne m'avait pas encore repéré, mais ce n'était qu'une question de temps. J'avais l'impression de porter un panneau en lettres de néon clignotant qui aurait proclamé : À TABLE ! PREMIER ARRIVÉ, PREMIER SERVI. Et cela ne me plaisait pas trop. Tout le monde doit mourir un jour, mais je ne comptais pas finir dans l'estomac d'un poisson.

J'essayai de me retourner pour, au moins, tenter de nager vers la rive. En vain. Mes jambes s'agitèrent dans l'air, sans résultat.

Je regardai à nouveau dans l'eau. La carpe avait disparu. Où était-elle passée ? Peut-être ne m'avait-elle pas vu ? Soudain, elle surgit. Elle fonçait droit sur moi. Ses yeux de merlan frit me fixaient avec une insistance désagréable et sa bouche caoutchouteuse était grande ouverte, prête à m'avaler. J'étais bon comme la romaine : *finito.* Je n'avais jamais sérieusement réfléchi à ce qui peut bien se passer après la mort, mais alors que la carpe s'approchait, la question se posa à moi avec acuité. Je n'allais pas tarder à en connaître la réponse.

Cependant, mon temps n'était pas encore venu. Je me sentis saisi par le haut et, subitement, la carpe s'enfuit d'un coup de queue. Je levai la tête au-dessus de la surface des flots pour voir ce qui se passait. C'était Jake la Tremblote ! L'héroïque mouche s'était

posée sur moi et tricotait des ailes comme si sa vie en dépendait – ce qui, en y réfléchissant bien, était le cas. Jake bourdonnait comme un furieux. Il n'était pas assez fort pour m'emporter dans les airs, mais me poussait sur la surface comme s'il était un moteur et moi un bateau hors-bord.

Je scrutai à nouveau les profondeurs du bassin. La carpe refusait d'abandonner son dîner. Elle avait pris de la vitesse et agitait sa queue avec détermination. Elle était encore tout près. J'avais une vue imprenable sur ses dents acérées.

« Vite ! lançai-je à Jake. Vire de bord ! »

Il tourna sur la droite. Puis à gauche. Je ne sais s'il était particulièrement doué ou juste veinard, mais sa manœuvre eut l'effet escompté. Il se mit à zigzaguer sur la surface du bassin et slaloma au milieu d'un carré de nénuphars. Je constatai avec soulagement que la carpe s'éloignait de plus en plus jusqu'à ce que les eaux marécageuses se referment sur sa sale bobine. Il était temps : Jake commençait à fatiguer. Nous perdions de la vitesse.

Il réussit néanmoins à nous amener jusqu'au rebord du bassin. En fait, nous sommes rentrés dedans, et avec une telle force que je vis trente-six chandelles. Je me hissai avec peine sur l'une des pierres entourant le bassin. C'était bien de se retrouver à l'endroit et plus encore sur la terre ferme.

Je jetai un coup d'œil à Jake. Il haletait tout en

tremblant comme un dingue. On aurait dit qu'il n'arrivait pas à croire qu'il avait réussi. Personne d'ailleurs n'aurait jamais cru que Jake la Tremblote puisse un jour devenir un héros, surtout pas lui-même.

« Jake, mon ami, lui dis-je, je te dois une tonne de pur sucre de canne. »

Il se contenta de trembler de plus belle.

*
* *

Une fois séchés, Jake et moi sommes partis vers la table de pique-nique où j'avais fait la connaissance de Velma.

La nuit était tombée. Les ténèbres étaient lourdes et calmes, et de gros nuages bas encombraient le ciel, cachant la lune. Ce n'était pas plus mal : je me passerais très bien de ce regard de cyclope accusateur.

Je me demandai si Velma avait eu plus de chance que moi.

Mais je n'aurais pas dû me faire de souci. Lorsque nous sommes arrivés, je crus qu'elle était seule. Elle me jeta un coup d'œil et dit :

« Je me demandais où vous étiez passé. Je me disais que vous faisiez peut-être la sieste. »

Je souris en pensant : « Toutes des comédiennes. »

« Qui est-ce ? interrogea Velma.

— Jake, la mouche dont je vous ai parlé. Il vient

de me sauver la vie. Sans lui, je serais actuellement dans l'estomac d'un poisson. »

Jake sourit tout en agitant nerveusement sa trompe. Il avait du mal à se faire aux nouvelles têtes. Velma le regarda, le salua d'un hochement d'antennes, puis se tourna à nouveau vers moi.

« Vous n'avez pas pu parler avec la fourmi que vous suiviez ?

— Oh ! si, je lui ai parlé – juste le temps de prendre rendez-vous. Mais elle n'est pas venue, et tout ce que j'ai récolté, c'est un coup sur le crâne. Lorsque je me suis réveillé, je nageais la brasse coulée dans le bassin. »

Les yeux noirs de Velma se mirent à danser. J'en aurais bien fait autant, mais je ne connaissais pas le rythme.

« Et vous ? dis-je. Est-ce que vous avez ramé ?

— Au contraire, fit-elle d'une voix légère, avec quelque chose comme un rire en filigrane. J'aimerais vous présenter mon nouvel ami... Léopold. »

Une fourmi sortit des ténèbres pour se placer derrière Velma. C'était celle du rendez-vous, la fourmi poète. Il avait l'air nerveux. Son regard passait de l'un à l'autre sans se poser sur quelqu'un en particulier.

« Pendant que vous profitiez de votre bain de minuit, ronronna Velma, j'amenais Léopold en ce lieu pour qu'il réponde à quelques questions. »

Je secouai la tête, incrédule. Pas de doute, pour une journaliste, Velma était une dure. Impressionnant.

Je me rabattis sur la fourmi du nom de Léopold.

« Très bien, fiston. Dis-nous tout ce qu'il y a à savoir sur ce fameux Club des individualistes. »

Il laissa échapper un long soupir, comme pour dire : « Par quoi dois-je commencer ? » Puis il parla d'une voix tremblante :

« Eh bien, nous sommes des plus inoffensifs. Nous nous rencontrons deux fois par semaine pour... être nous-mêmes.

— Exprimer votre individualité ? En effectuant quelques pas de danse ou en lisant des poèmes ? »

Léopold acquiesça.

« Toute création artistique est la plus grande expression de l'individualité. Nous en avons assez de consacrer nos vies à la fourmilière. De temps en temps, nous voulons agir pour nous-mêmes... »

Il avait quelque chose de pleurnichard, mais je voyais où il voulait en venir.

« Il y a peu de temps que j'ai découvert qui j'étais, continua la fourmi. Je suis parti en quête de mes propres besoins, mes propres désirs. Peu m'importe le Nid, et la Reine ne m'est plus rien. Je commence à chercher celui qui importe vraiment... moi. »

Velma intervint :

« Ce n'est pas tout. Parlez-lui du vaporisateur. »

Léopold eut un reniflement, comme si cela ne comptait pas vraiment.

« Il y a quelques semaines, mon escadron recherchait de la nourriture du côté des chrysanthèmes. Pendant que nous étions là, l'Homme de la Maison est sorti et a aspergé les plantes de détergent. Une partie du produit est retombée sur nous.

— Et alors ? fis-je sans comprendre.

— Alors... quelques jours plus tard, toutes les fourmis qui étaient là se sont mises à... remettre en question l'idée même d'une collectivité des fourmis. Nous nous sommes mis à penser par nous-mêmes, à avoir nos propres désirs, nos propres besoins. Nous nous sommes définis comme des individualistes. Peu de temps après, nous fondions notre club. »

J'eus un petit rire sec.

« Qu'y a-t-il de d-drôle, Bug ? demanda Jake.

— Rien, en fait. C'est juste de penser que tout le mouvement individualiste n'est que l'effet secondaire d'un produit chimique humain. C'est une réaction allergique à un désherbant ! »

Apparemment, Léopold n'aimait pas mon explication. Il préférait considérer leur société comme « une affirmation des droits individuels face à l'oppression du groupe ». Je haussai les épaules. Il pouvait bien croire ce qu'il voulait. J'avais plus important en tête.

« Bon, maintenant, je désire savoir tout ce qui se passe vraiment. Vous pouvez commencer par m'expliquer pourquoi un escadron de guêpes était à la recherche de votre amie Clarissa...

— Je ne sais rien, je...

— Ne faites pas le malin avec moi, Léo, ou vous pourriez ne plus jamais écrire d'autres poèmes. (Je m'arrêtai juste avant de souligner que ce serait plutôt un bien.) Qu'est-ce qui se passe exactement ? »

Léopold secoua la tête.

« Je ne sais pas, sincèrement. (Il s'interrompit avant de reprendre :) Mais je sais que Clarissa avait quelque chose en tête. Cela faisait plusieurs jours qu'elle n'était pas retournée à la fourmilière, et elle avait peur de quelque chose.

— Et avez-vous trouvé ce que c'était ?

— Le but même de notre club est de permettre à ses membres d'explorer leurs propres sentiments. Je savais que quelque chose n'allait pas, mais je ne voulais pas me mêler de ce qui ne me regardait pas... »

Sa voix avait quelque chose de désespéré. Je ne me laissai pas convaincre.

« Alors même que vous saviez qu'elle pouvait avoir des ennuis.

— Oui, je le savais, mais... (Sa voix se fit chuchotement :) Il y a quelques jours, elle a essayé de m'en parler, mais je n'ai pas voulu l'écouter... Je... j'avais peur de m'impliquer. Maintenant, j'ai beaucoup trop à perdre. J'avais peur pour moi-même... Vous comprenez ? »

Et, de honte, il baissa la tête.

J'acquiesçai. S'il y avait une chose que j'avais apprise dans ce Jardin, c'est que les héros sont rares et très attardés. La lâcheté de Léopold ne me gênait pas, même si je le trouvais nul comme poète. Il venait de se découvrir en tant qu'individu – et c'était beaucoup lui demander que de risquer ainsi son indépendance toute neuve.

En tout cas, un schéma général commençait à émerger. Il se passait quelque chose d'étrange dans le Jardin, quelque chose de bien plus important qu'une société de fourmis individualistes. Et les guêpes étaient mêlées à tout ça, c'était certain. Mais quoi ?

Je regardai dans la direction de ce Jardin pourri et dangereux où nous vivions. Quelque part par là se cachait celle qui détenait les réponses – Clarissa, la fourmi. La question était : où se trouvait-elle ?

10

Bug Muldoon fait son rapport

Le lendemain, il fallait que je présente mon rapport à Krag, dans la fourmilière. Je laissai Velma et Jake pour partir à la recherche de Clarissa. Nous avons conseillé à Léopold de se faire discret. Il n'émit aucune objection.

À peine m'étais-je approché de l'entrée du Nid qu'une sentinelle m'intercepta.

« Halte ! Veuillez décliner votre nom et la raison qui vous amène. »

Sa voix n'avait rien d'agressif, mais il était évident qu'on ne passait pas sans autorisation.

« Bug Muldoon. Je viens voir Krag.

— Pourquoi venez-vous le voir ?

— Eh bien, c'est pour ma page du carnet mondain. Laissez-moi donc passer. Ne vous en faites pas, il me recevra. »

Si la sentinelle était irritée, elle n'en laissa rien transparaître.

« Veuillez me suivre », dit-elle.

La fourmi se retourna et s'engagea dans le tunnel. Je suivis le mouvement. Les couloirs n'étaient pas aussi noirs que lors de ma précédente visite – juste sombres et lugubres – et, cette fois-ci, j'eus plus de facilité à me souvenir des tours et des détours de ce labyrinthe.

Alors que nous continuions notre descente, nous avons croisé des myriades de fourmis, et je me surpris à regarder les visages impassibles qui défilaient en me disant : « Et celui-ci ? Est-il membre du Club des individualistes ? Et lui ? En fait-il partie ? »

Nous avons tourné au coin d'un tunnel et passé devant une grande salle remplie de larves. Des fourmis nourricières leur donnaient un repas composé de miel et de bouillie. Je regardai le tunnel central dans lequel nous venions de nous engager, une vaste avenue flanquée de plusieurs portes. Si je ne me trompais pas, la chambre royale où la Reine faisait salon devait être sur la droite. En ce cas, la petite pièce où Krag m'avait transmis ses instructions était la troisième sur la gauche.

« Veuillez attendre ici », dit le garde, et il partit

vers les appartements de Krag pour lui annoncer mon arrivée.

Pendant que je faisais antichambre, je vis passer une fourmi porteuse d'un baquet de miellée, ce fluide sucré que les fourmis prélèvent sur les pucerons qu'elles rassemblent dans leurs fermes. Elle fila vers les appartements royaux, me dépassa sans même me consacrer un regard, puis vira pour disparaître dans la bouche d'un tunnel.

Le garde revint me chercher.

« Krag va vous recevoir sur-le-champ. »

Lorsque je fis mon apparition dans la salle, Krag aboyait des ordres à une rangée de soldats. Il se tourna vers moi avec un rictus déplaisant.

« Alors, Muldoon, qu'avez-vous découvert ? Dites-moi tout ce que vous savez, et TOUT DE SUITE... Avez-vous retrouvé la fourmi à la tache blanche ? »

Dans mon métier, il faut savoir faire confiance à son instinct. Parfois, cela peut vous sauver la vie. Et à cet instant précis, mon sixième sens me disait : *Fais bien attention... ne lui dis pas tout, du moins pas maintenant.* Il y avait quelque chose qui me titillait les élytres. Je pouvais le sentir jusqu'au fond de mon estomac, mais l'information n'était pas encore arrivée au cerveau. Il me fallait du temps pour réfléchir. Et en attendant, il valait mieux que Krag ne sache pas que j'avais rencontré Clarissa et assisté à leur réunion. Je me contentai donc de dire :

« Eh bien, j'ai quelques pistes en vue, mais rien de certain ; j'ai besoin de quelques jours encore...

— Vous êtes pathétique ! se rengorgea Krag. Je le savais bien. Comment un vulgaire scarabée pourrait-il réussir là où la glorieuse armée des fourmis a échoué ? »

Je haussai les épaules.

« La Reine a peut-être pensé que je pourrais traiter cette affaire avec un peu plus de... subtilité ? suggérai-je. J'ai remarqué que ce n'est pas votre point fort. »

Krag fourra sa petite tête de fourmi contre la mienne. Il était si furieux qu'il en tremblait comme une feuille.

« Les espèces comme la vôtre sont la honte de tout le monde des insectes, cracha-t-il. Si vous n'étiez pas le protégé de la Reine, vous seriez déjà mort ! »

J'eus un sourire. Si j'attisais sa colère, Krag pouvait toujours lancer un mot de trop. Je décidai de jeter de l'huile sur le feu :

« Et vous autres les fourmis, qu'avez-vous de si supérieur ? »

Krag éleva la voix :

« Vous ne savez pas qui nous sommes, scarabée. Le Nid domine de sa puissance tout le Jardin, mais ce n'est qu'une infime fraction de ce dont nous sommes capables. Nous n'avons pas encore accompli notre destin.

— Ah, ouais ? Et c'est quoi, votre destin ?

— Avez-vous entendu parler des armées de fourmis d'Amérique du Sud ? Elles ne se contentent pas de rester cloîtrées dans leur Nid. Elles sont toujours en marche et établissent des campements provisoires en cours de route. Toujours en avant dans leur quête de nourriture ! Tout être vivant qui se met sur leur passage doit se retirer ou périr. Elles sont impitoyables.

— On dirait que ce mode de vie vous plaît ? »

Krag était sur le point de rétorquer, mais il se rattrapa, comme s'il comprenait qu'il en avait déjà bien trop dit.

« Je dois me tenir aux côtés de la Reine, dit-il, et servir les intérêts du Nid. C'est mon travail. Et cela signifie que je dois découvrir ces satanés Individualistes. (Il se détourna.) Fichez-moi le camp, Muldoon. Et la prochaine fois que vous venez faire votre rapport, vous avez intérêt à avoir quelque chose à me dire... si vous tenez à votre carapace. »

Je me retournai et m'apprêtai à suivre le garde vers la surface. Comme précédemment, il fonçait sans regarder en arrière ou prononcer un mot. Alors que je lui emboîtais le pas, je gardai cette désagréable impression que quelque chose n'allait pas.

Soudain, je compris, et cette idée me frappa

comme un bourdon de deux tonnes. La fourmi que j'avais vue passer en attendant Krag était porteuse de miellée. Tout le monde savait que la Reine avait une faiblesse pour ce liquide sucré – tant et si bien qu'il était interdit à toutes les autres fourmis de la colonie. Alors pourquoi celle-ci n'avait-elle pas apporté son fardeau dans les appartements royaux ? C'était cette question qui taquinait mon inconscient.

Peut-être que je faisais une montagne d'un grain de poussière. Peut-être qu'il existait un entrepôt où les fourmis stockaient la miellée destinée à la consommation personnelle de la Reine. Mais mon instinct me suggérait le contraire. Pour moi, il y avait anguille sous roche.

Je fis demi-tour aussi silencieusement que possible et repartis en sens inverse. Le garde mettrait un certain temps avant de voir que je ne le suivais plus. Mais je jouais un jeu dangereux : si une autre fourmi me repérait et donnait l'alerte, j'étais cuit.

Lorsque j'atteignis l'avenue centrale, elle était déserte. J'eus un soupir de soulagement et virai dans le tunnel où s'était engagée la porteuse de miellée. Je réussis à m'y introduire, tout juste. Si le passage se rétrécissait encore, je risquais d'y rester coincé. Je m'aventurai au cœur des ténèbres.

Soudain, j'entendis des pas qui venaient dans ma direction. Je regardai tout autour de moi, mais il n'y avait pas de sortie de secours. Je me mis à égratigner de mes pattes les cloisons du couloir. Tout d'abord, le sol comprimé ne céda pas, mais soudain, je trouvai un carré moins dur qui s'effondra facilement sous mes assauts répétés. Je m'y insérai pour me retrouver... dans un autre tunnel. Un passage secret caché de tous !

Je parcourus ce nouveau couloir et, après deux minutes de course, arrivai dans une petite caverne. Là, le tunnel se divisait en deux embranchements. Lequel devais-je prendre ? Je baissai mes antennes et en caressai le sol. Je détectai une très faible trace de miellée, qui me mena vers le tunnel de droite.

Je m'y engouffrai. Après quelques tournants, le couloir s'élargit, et j'entendis des voix. Je m'avançai et passai ma tête à l'angle du tunnel.

Au-delà il y avait une salle où se trouvaient deux fourmis de taille normale – y compris ma porteuse de miellée. Mais c'est le troisième occupant de la pièce qui attira mon attention. C'était une reine, mais pas *la* Reine, si vous voyez ce que je veux dire. Celle-ci était plus jeune et beaucoup plus petite. Une des fourmis s'occupait de cette jeune reine ; l'autre la nourrissait de miellée.

Je m'avançai encore un peu. Ce n'était pas une bonne idée : ma carapace racla la paroi. Le bruit n'était pas terrible, mais me parut assourdissant.

« Qu'est-ce que c'est ? » siffla la jeune reine.

Elle tourna la tête. Je m'étais retiré juste à temps.

Je fis demi-tour et repartis en sens inverse. Derrière moi, j'entendis un cri farouche.

Je me faufilai par l'entrée du tunnel secret et continuai ma course folle. Je revins à l'avenue centrale et filai vers le tunnel menant à l'entrée de la fourmilière.

Alors que j'atteignais les niveaux supérieurs, je croisai plusieurs fourmis qui venaient dans l'autre direction. Elles me jetèrent des regards suspicieux, mais aucune d'entre elles ne s'interposa. Et je continuai de courir.

Finalement, j'entrevis la clarté du soleil. J'y étais presque.

Soudain, le visage du garde apparut devant moi. Il devait avoir atteint l'entrée et s'être retourné pour constater que je n'étais plus là. Donc, il était redescendu pour voir ce qui se passait.

« Que faisiez-vous ? » me demanda-t-il.

Je ne pouvais pas le laisser appeler Krag – déjà que le Commandant ne demandait qu'à trouver une bonne excuse de me livrer aux larves. Je haletai un peu plus fort que nécessaire et dis d'une voix de crétin :

« Hou, dites, mon petit, vous êtes trop rapide pour moi ! Je vous ai crié de ralentir, mais vous ne m'avez pas entendu... »

Je ne suis pas un grand acteur, mais la sentinelle goba mon numéro d'imbécile heureux.

« Suivez-moi ! » dit-il.

Une fois de retour à la surface baignée de soleil, je me sentis mieux. C'était bien de piétiner la terre et les herbes, au lieu de rôder dans les profondeurs glauques de la fourmilière. Mais, alors que je m'avançais, les questions revinrent, plus pressantes que jamais. Que se passait-il ? Pourquoi cachait-on une autre reine dans la fourmilière ? Il ne pouvait y en avoir qu'une par Nid. Bien sûr, de temps en temps, on assistait à la naissance de jeunes reines, mais elles s'en allaient fonder leur propre Nid. Or, celle-ci avait déjà perdu ses ailes.

Une autre question me taraudait. Que venaient faire les guêpes dans tout ça ?

Il n'y avait qu'une seule façon de le savoir. Il était temps d'avoir une petite conversation avec une guêpe...

11

La guêpe vend la mèche

On peut être tenté de croire qu'il n'y a pas tant de différences entre les guêpes et les abeilles. Après tout, elles sont noir et jaune toutes les deux, bourdonnent dans le Jardin et peuvent piquer. Eh bien, croyez-moi, il y a une différence, et de taille. Les abeilles sont généralement sympa, à leur façon, un peu barges. Mais les guêpes... ce sont des créatures dangereuses qui ne demandent qu'à vous transpercer de leur aiguillon par pure méchanceté.

De plus, leurs modes de vie diffèrent totalement. Les abeilles sont nées pour boire le nectar des fleurs : elles s'en gavent avant de retourner dans leurs ruches, repues, le ventre rempli de pollen. Les guêpes, elles, sont faites pour déchirer et dévorer. Elles se nourrissent aussi bien de fruits que d'insectes. Mais elles ont aussi un goût certain pour le nectar. Pour elles, c'est un mets de choix. C'est à ce trait de caractère que je pensais lorsque je décidai de discuter avec une guêpe.

Je choisis une fleur, installai mon piège et me mis à attendre.

Et attendre...

Dans ce métier, on sait ce que c'est que d'attendre. C'est un trait de la profession. Pour passer le temps, je regardai l'Homme de la Maison, qui poussait l'instrument appelé « tondeuse à gazon » sur la pelouse. Et, alors que je le surveillais, mon esprit bourdonna les mêmes et éternelles questions : « Que peut-il bien se passer dans ce grand cerveau de mammifère ? Y a-t-il quoi que ce soit qui ressemble à une pensée d'insecte ? Qui êtes-vous, vous les humains ? À quoi réfléchissez-vous, à quoi tenez-vous ? Vous arrive-t-il de me voir et de vous demander ce qui peut passer par la tête de Bug Muldoon ? »

Il n'y eut pas de réponse. Je continuai d'attendre.

Un long moment s'écoula, puis une guêpe finit par se montrer. Je perçus d'abord son bourdonnement, grave et furieux, à peine perceptible par-dessus le tintamarre de la tondeuse à gazon. Lorsqu'on entend le bourdonnement d'une guêpe, c'est en général le signe que les choses vont mal tourner. Mais cette fois-ci, j'espérais bien que ce serait en ma faveur.

Le bourdonnement cessa. Je jetai un coup d'œil de dessous la feuille où je m'étais planqué, en faisant mon possible pour ne pas être repéré. La guêpe s'était posée sur une fleur à quelques mètres de moi. Elle se mit à dépecer le pistil pour atteindre le nectar qui s'y cachait. Je l'entendis aspirer avidement le précieux liquide.

Quelques secondes plus tard, la guêpe reprit son vol. Son bourdonnement m'emplit les oreilles. « Allez, viens voir cette fleur, l'implorai-je mentalement. Elle est pleine de nectar. Allez, viens donc ! »

La chance était avec moi. La guêpe plana encore un peu, puis son *zonzonnement* se fit plus sonore alors qu'elle filait vers la fleur située juste au-dessus de moi, celle que j'avais préparée. Je levai les yeux pour voir son corps noir et jaune à travers les pétales. J'attendis jusqu'à ce qu'elle soit bien emberlificotée dans la fleur, puis tirai sur la liane que j'avais enroulée autour de la corolle. Les pétales se refermèrent sur la guêpe. Prise au piège.

J'arrimai la liane et laissai quelques instants à ma prisonnière pour qu'elle réalise dans quel pétrin elle s'était fourrée. Alors qu'elle cherchait à s'échapper, son bourdonnement se fit de plus en plus furieux. D'une certaine façon, ce bruit me permit de me détendre.

Finalement, j'escaladai la tige et parlai à l'endroit où devait se trouver sa tête :

« C'est assez confortable là-dedans ? »

Que voulez-vous, je suis prévenant de nature.

« Qui est là ? grinça la guêpe. Comment osez-vous ! Laissez-moi sortir ! »

Elle dit aussi d'autres choses, mais je ne crois pas qu'il faille les répéter dans ces pages. Lorsqu'elle se fut calmée, je lui demandai :

« Avez-vous entendu parler d'une organisation secrète chez les fourmis ? »

À nouveau, elle me répondit en termes choquants. J'eus un sourire.

« J'espère que vous n'employez pas un tel langage dans votre Nid. Bon, essayons autre chose : pourquoi un escadron de guêpes était-il à la recherche d'une fourmi du nom de Clarissa ? Celle qui a une tache blanche sur la tête. »

Mêmes réponses.

Je ne progressais guère. Autant la laisser fulminer tout son soûl. J'allai donc faire un tour. Une bonne promenade bien longue. Peut-être serait-elle plus bavarde à mon retour ?

Je retournai à mon bureau pour voir si Velma ou Jake avaient laissé des messages gravés dans le sol. Rien. Mais, alors que je m'éloignais de mon bureau, je ne pouvais m'empêcher de penser que quelque chose clochait. Soudain, je compris : en général, chaque fois que je sors de mon bureau, Billy la Chenille vient me casser les pattes. Mais aujourd'hui, je n'entendis pas son habituel « Hé, Bug ! ». Je n'entendis rien du tout.

Je regardai autour de moi. Pourvu que la pie ne soit pas revenue chercher le petit déjeuner que je lui avais si brutalement ravi le jour précédent.

C'est alors que je l'ai vu. Billy n'était pas mort, mais je ne le reverrais jamais. Sa vie de chenille était finie.

Il se tenait accroché la tête en bas à la corolle d'une fleur dans le carré d'orties. Il était complètement isolé du monde : il était entré dans sa phase de chrysalide. Il resterait ainsi quelques semaines, le temps que son corps se reconstruise. Lorsqu'il aurait fini, il émergerait sous la forme d'une autre créature. Il serait devenu un papillon. Vous vous rendez compte ? Vous vous endormez chenille et vous réveillez papillon ! Comment peut-on être deux insectes si différents en une seule vie ? Moi, ça me dépasse !

Bien sûr, après sa métamorphose, un insecte n'a aucun souvenir de son existence précédente. Moi-même, je ne me rappelle pas avoir un jour été une larve. Et Billy aurait tout oublié de sa vie de chenille et de son ambition de devenir détective privé. Il ne se souviendrait pas de moi.

Je jetai un dernier coup d'œil à Billy et me sentis

mal à l'aise. Ce satané Jardin était déjà assez dange-reux comme ça pour les petits gars du genre de Billy. Et les choses ne faisaient qu'empirer. Cette affaire sur laquelle je travaillais était un gros coup. Il y avait quelque chose de pourri dans le Jardin, quelque chose qui le rendait plus dangereux encore pour les faibles, et c'était bien plus grave qu'un simple groupe d'individualistes inoffensifs.

Je savais qu'il me faudrait découvrir ce qui se tra-mait. C'était mon boulot. Il était temps qu'on réponde à mes questions. Et je retournai voir la guêpe.

Lorsque j'atteignis la fleur-piège, deux heures s'étaient écoulées et ma prisonnière se montra un peu plus coopérative. Se retrouver enfermé sans la moindre nourriture peut avoir cet effet.

Je pris ma plus belle voix de dur à cuire :

« Très bien, on reprend. Pourquoi cherchiez-vous la fourmi nommée Clarissa ?

— Les fourmis n'ont pas de nom, siffla la guêpe d'un ton méprisant.

— C'est vrai, convins-je, mais si on y réfléchit bien, les guêpes ne se font pas prendre au piège dans les fleurs, et pourtant, mon gros, te voilà. »

Elle n'avait rien à répondre à cela. Je reposai ma question et, histoire de raviver ses souvenirs, la ponc-tuai d'un coup de patte dans le flanc.

Je dus répéter l'opération une vingtaine de fois avant qu'elle ne cède :

« Nous la cherchions parce qu'elle fouinait là où il ne fallait pas et a entendu quelque chose qu'elle n'aurait pas dû entendre. Elle était au courant du Plan... »

Voilà qui ne me plaisait pas du tout.

« Quel plan ? »

Il y eut un long silence. Lorsque la guêpe reprit la parole, ce fut avec une telle arrogance qu'on aurait dit que c'était elle l'interrogateur et moi le prisonnier. Et voilà ce qu'elle me dit :

« Ce Plan vise à débarrasser le Jardin de tous les sales scarabées de ton espèce. C'est bien ce que tu es, n'est-ce pas ? Un sale scarabée. Eh bien, mon pote, tes jours sont comptés. La nouvelle alliance entre les guêpes et les fourmis détruira quiconque osera se mettre sur leur chemin. Une ère nouvelle va s'ouvrir pour le Jardin... »

C'était un bien joli discours, mais il fallut que j'intervienne :

« La Reine des fourmis ne vous suivra jamais. »

Tout le monde savait que la Reine n'avait pas de temps à perdre avec les guêpes. Je ne pouvais croire qu'elle veuille s'allier à elles. La guêpe bluffait certainement.

Mais ce qu'elle me répondit me fit frissonner jusqu'à mon exosquelette.

« Peut-être que ses jours sont comptés, à elle aussi », fit-il d'un ton fanfaron.

J'allais demander des explications, mais ma chance tourna court. Un escadron de guêpes arriva dans un grand bourdonnement. Elles étaient cinq et volaient au ras des herbes, en formation d'attaque. Et elles m'avaient vu. Apparemment, elles n'avaient aucune envie de discuter entre insectes raisonnables...

J'étais de retour à ma place habituelle : dans les ennuis jusqu'aux mandibules.

12

Bug Muldoon prend son envol

Je suis capable de voler, comme la plupart des scarabées, mais je ne suis pas très doué pour cela. Et comme je ne peux certainement pas me comparer aux grands aviateurs que sont les abeilles et les guêpes, je préfère garder mes six pattes bien plantées sur la terre. Néanmoins, je n'avais aucune chance d'échapper à un escadron de guêpes en marchant.

Je pris de la vitesse, déployai mes ailes et m'envolai. Les cinq guêpes se mirent en formation de poursuite et partirent à mes trousses. Je zigzaguai d'un côté, puis de l'autre, volant au ras de la pelouse. Mais cela ne refroidit pas leur ardeur. En fait, elles gagnaient du terrain.

Je partis en chandelle, montant très haut dans le ciel, me laissant porter par les courants d'air chaud, puis plongeai à nouveau. En vain : les guêpes étaient bien plus douées que moi à ce petit jeu. J'avais beau battre désespérément des ailes, elles semblaient me suivre sans le moindre effort. Et j'entendais toujours ce bourdonnement infernal derrière moi, qui n'en finissait pas de se rapprocher.

Je virai sur la gauche et passai dans l'ombre d'un pommier. Peut-être, pensai-je, pourrais-je les semer au milieu des branches et des feuilles. J'effectuai des figures acrobatiques tout autour de l'arbre, m'écartant du couvert du feuillage pour y replonger aussitôt. Puis, lorsque j'estimai être hors de vue, je descendis en trombe jusqu'au sol. Je pouvais toujours essayer de m'y cacher ? Plusieurs pommes étaient tombées de l'arbre, et l'une d'entre elles était pourrie à souhait. Parfaite pour l'usage que je voulais en faire.

J'atterris dessus et me frayai un chemin à travers la peau molle et brunâtre du fruit. Ce serait une bonne cachette (même si l'odeur n'était pas terrible). Je continuai de progresser dans la chair pourrie et écoutai le bourdonnement des guêpes au-dessus de moi. Elles paraissaient étonnées : elles devaient se demander où je pouvais bien être passé. Ma

manœuvre avait réussi. J'eus un soupir de soulagement.

Grave erreur. Des profondeurs sombres et moites
de la pomme surgit une petite tête qui émergea à côté
de la mienne et s'écria :

« Hé là ! C'est ma pomme ! Va donc t'en trouver
une autre ! »

C'était un asticot. Il devait être en train de dévorer gaillardement la chair du fruit lorsque j'avais fait
irruption dans son garde-manger.

« Écoutez, chuchotai-je, tout ce que je veux, c'est
rester ici deux ou trois minutes. Je ne vous prendrai
même pas une bouchée. D'ailleurs, j'ai horreur des
pommes.

— C'est ma foi bien possible, brailla l'asticot, mais
tu peux toujours t'installer dans une autre pomme
que celle-là, pas vrai ? »

Pour un si petit asticot, il avait une sacrée voix.
J'entendis se rapprocher le bourdonnement des
guêpes.

« Deux tons en dessous, fiston ! sifflai-je.

— Ah, ouais ? rugit le ver. Eh bien, je vais te dire
une chose, monsieur Deux-tons-en-dessous. C'est
MA pomme, et je parlerai aussi fort que je le veux.
(Puis il se mit à brailler en un semblant de chant :)
LA, LA, LA... LA, LA, LA... C'est assez fort pour toi ?
LA, LA, LA... »

J'allais forcer cette espèce de petit rien-du-tout à

109

la fermer pour de bon – mais avant que j'aie pu m'en emparer, il se tortilla entre mes pattes et passa la tête par un trou dans la peau du fruit.

« LA, LA, LA, continua-t-il de brailler. Y A QUELQU'UN DANS MA POMME ! LA, LA, LA !

— Il est là en bas ! » cria une des guêpes.

Misère de mes os ! Je sortis à reculons de la pomme, me débarrassai des morceaux qui restaient accrochés à ma carapace, puis regardai du côté du pommier. Les guêpes piquaient vers moi dans un tourbillon jaune et noir.

Je déployai à nouveau mes ailes et m'envolai une fois de plus. Je commençais à fatiguer. Mon corps est bien trop lourd pour mes petites ailes : elles se ressentaient de tous ces efforts. Mais il n'était pas question de ralentir. Pas avec cinq guêpes accrochées à mes basques.

Je m'approchai peu à peu du bassin – la demeure de la monstrueuse carpe qui avait tenté de me gober pas plus tard qu'hier. Alors que je survolais sa surface, je pouvais voir la masse dorée du poisson flottant entre deux eaux. Et un début de plan prit forme dans mon esprit.

Il était temps de me débarrasser de ces maudites guêpes.

Je rasai la surface du bassin et ralentis ma vitesse. Une des guêpes se détacha de l'escadron et partit en un piqué vertigineux. Je présume qu'elle voulait s'emparer de moi en plein vol et m'emmener loin du bassin.

Je continuai de voler aussi lentement que possible comme si je faisais une petite balade de santé. La guêpe, elle, se rapprochait à vue d'œil. Elle était presque sur moi. Deux secondes, une... au dernier moment, je virai abruptement. La guêpe me frôla tandis qu'elle plongeait comme une balle et s'abîmait dans les eaux du bassin. La dernière chose que j'entendis fut un « ERK » ? de surprise, puis un PLOUF étouffé, et elle coula à pic, hors de ma vue.

Je n'attendis pas pour voir si la carpe réussirait à la dévorer. Je repris de la vitesse. Une de moins, restent quatre. Mais je savais que ce truc était trop simpliste pour marcher une seconde fois. Et maintenant, qu'allais-je faire ?

Puis j'eus une idée. L'Homme de la Maison était toujours là, à pousser sa tondeuse à gazon. Et je sus ce que je devais faire. C'était de la folie, mais c'était ma seule chance.

Je virai sur la droite et me dirigeai tout droit sur l'Homme. Les guêpes étaient si près de moi qu'elles auraient presque pu me saisir par une patte. Presque. L'air vibrait de leur bourdonnement furieux et mon esprit ne voyait plus que leurs aiguillons mortels.

Je déviai ma course, paré à entrer en collision

frontale avec l'Homme. Soudain, je rechangeai de cap et filai droit vers la tondeuse à gazon. Les guêpes ne me lâchèrent pas d'un poil. La carcasse de métal de l'engin grandit jusqu'à emplir mon champ de vision. Je traversai le jaillissement d'herbe coupée et continuai tout droit – vers les lames tourbillonnantes.

Je visai un espace entre deux lames, changeai d'angle, et ressortis par un second espace entre les autres lames du rouleau, à l'arrière de la tondeuse. Vous parlez d'un vol de précision !

Alors que je m'élevais une fois de plus dans les airs, je ne pus m'empêcher de regarder derrière moi. Les quatre guêpes m'avaient suivi à l'intérieur de la tondeuse. Il n'en ressortit que deux. Les autres n'avaient pas eu la chance ou l'habileté nécessaire pour échapper aux lames.

J'en avais eu trois, mais il en restait encore, et j'étais au bord de l'épuisement. Je ne tiendrais plus longtemps le coup, tandis que les deux survivantes derrière moi semblaient plus furieuses que jamais.

Je commençai à ralentir. Et l'inévitable finit par arriver. Deux paires de pattes s'emparèrent de moi, une de chaque côté. Impossible de s'échapper ! C'était la fin des haricots. Les guêpes me tenaient.

Je cessai de battre des ailes et me laissai emporter.

Une seule et unique pensée tournait dans ma tête : il doit sûrement y avoir un meilleur moyen de gagner sa croûte...

13

Du sirop pour les guêpes

Le Jardin peut se diviser en deux sections princi-
pales. La première moitié, du côté de la Maison, est
bien entretenue par l'Homme. La pelouse, le bassin,
le bain à oiseaux, le pommier et les parterres de
fleurs, tout est pimpant à souhait. Mais au fond du
Jardin se trouvent des contrées bien plus sauvages.
Là, les buissons et les mauvaises herbes règnent en
maîtres. L'Homme de la Maison ne s'en occupe
jamais, sinon pour dégager le chemin d'accès à la
cabane à outils. Tout près de la cabane, on trouve le
tas de compost, le domaine de l'araignée géante. Une
barrière de bois délimite la frontière du Jardin. Elle

trace une ligne droite, hormis à l'endroit où l'arbre qui pousse de l'autre côté impose une avancée.

Le Nid des guêpes se trouve dans les racines de ce même arbre. Et c'était là que les deux guêpes m'emmenaient. Elles atterrirent au pied de l'arbre et me firent entrer de force dans leur territoire souterrain.

Alors qu'elles me poussaient le long du tunnel, l'une jeta :

« Ainsi, c'est toi qui nous as fait tant d'ennuis.

— À votre service, répondis-je.

— Nous pensions qu'une petite baignade dans le bassin refroidirait quelque peu ton enthousiasme, reprit l'autre. Malheureusement, ce n'est pas le cas. Malheureusement pour toi, bien sûr. »

C'étaient donc les guêpes qui m'avaient tendu une embuscade alors que j'attendais Clarissa, puis m'avaient flanqué à l'eau.

« Je ne me décourage pas si facilement », affirmai-je.

Une fois dans le Nid, nous avons dépassé des rangées entières de cellules hexagonales. Certaines débordaient de nourriture. D'autres avaient un usage bien différent : elles contenaient les œufs pondus par la Reine des guêpes. Je les regardai, si petits et si innocents. Difficile d'imaginer qu'un jour, ces œufs seraient eux-mêmes des guêpes.

Alors que nous nous enfoncions de plus en plus

profondément, je sentis des centaines de regards hostiles posés sur moi. D'une certaine façon, les nids de guêpes ont plus d'un rapport avec les fourmilières : tout le monde y a son emploi. Des guêpes s'occupent de la Reine, d'autres des jeunes, un certain nombre déblaient les ordures, et le reste va chercher de la nourriture à l'extérieur. Mais un nid de guêpes est aussi très différent : contrairement aux fourmis, les guêpes ont de dangereuses sautes d'humeur, même lorsqu'elles sont entre elles. Le Nid n'est pas vu comme une seule et unique entité. On y sent plutôt une tension permanente, comme si, à tout instant, une bagarre pouvait éclater.

« Où allons-nous ? demandai-je à l'une des deux guêpes.

— Tu vas rencontrer ton créateur, répondit-elle. Mais d'abord, tu vas passer par la chambre royale. La Reine veut te voir avant ta mise à mort. »

Je ne dis rien, mais mon esprit turbinait à toute allure. Si on m'emmenait voir la Reine, j'avais au moins une chance. Je pouvais toujours essayer de la convaincre que je n'avais pas cherché à me mêler de leurs affaires.

Restait un problème : à en croire la rumeur, la Reine des guêpes était complètement cinglée. Là où celle des fourmis était des plus fiables, la guêpe en chef était sujette à des sautes d'humeur sauvages. Elle pouvait discuter et rire avec vous et, la seconde suivante, ordonner à ses gardes de vous mettre à mort. On dit que, lorsque vous êtes mis en présence de la Reine des guêpes, la mort n'est jamais bien loin.

Nous sommes arrivés à l'entrée des appartements royaux, et on me précipita à l'intérieur. La pièce était un océan jaune et noir. Elle était remplie de guêpes, mais dominée par la présence de la Reine.

Je lus dans ses yeux tout ce que j'avais à savoir : elle vivait au cœur du pays connu sous le nom de Folie.

« Qui est ce jeune gars ? balbutia la Reine.

— Le scarabée, répondit un de ses aides. Celui qui ne cessait de fouiner. »

Les yeux de la Reine dansèrent comme des libellules autour d'une lampe.

« Vilain, vilain, vilain scarabée », dit-elle joyeusement.

J'eus un sourire aussi aimable que possible dans de telles circonstances et écoutai le terrible bourdonnement du Nid. J'imagine qu'il ne pouvait se comparer avec celui qui devait résonner dans le cerveau de la Reine.

« Et comment t'appelles-tu, ô vilain scarabée ? » chantonna la reine.

Ce n'était pas vraiment le moment de faire le malin.

« Bug Muldoon, m'dame.

— Et pourquoi t'appelle-t-on BUG, monsieur Buggy-Buggy-Bug ?

— C'est une longue histoire, Votre Majesté. Peut-être vous la raconterai-je un jour... »

Mauvaise réponse. Le visage de la Reine s'obscurcit comme si un nuage cachait le soleil. Elle eut une moue désagréable.

« Dis-le-moi *maintenant,* ou tu meurs à l'instant ! » hurla-t-elle.

Je gardai mon calme.

« Mais, Votre Majesté, c'est quelque chose de personnel. (Je désignai toutes les guêpes qui nous entouraient.) Je suis trop timide. Si je pouvais vous le dire seul à seule, ce serait différent... »

Cette réponse sembla convenir à la Reine. Elle eut un long éclat de rire en tortillant son corps grassouillet. Il était d'une sonorité trop aiguë et trop hystérique pour être considéré comme un rire normal.

Lorsqu'elle se calma, une des assistantes de la Reine se pencha et murmura :

« Il connaît notre Plan, Majesté. Il faut... s'en débarrasser.

— Mais je l'aime bien, soupira la Reine. Je t'aime bien, Bug Muldoon. C'est dommage que je doive te faire tuer.

— Un instant, dis-je. Et si je vous jure de ne rien raconter à personne ? En ce cas, vous pourrez me laisser partir, n'est-ce pas ? »

À ce moment-là, c'est tout ce dont j'étais capable. Et, à mon grand étonnement, elle mordit à l'hameçon.

« Vraiment ? dit-elle. Votre parole d'honneur ? »

J'essayai de me souvenir des serments que faisaient les jeunes larves. Je ne pus faire mieux que :

> *« Si je dois rompre mon serment,*
> *Qu'un oiseau me dévore sur-le-champ.*
> *Et si ma parole d'insecte n'est que mensonge,*
> *Que les guêpes me piquent et les vers me rongent.*

— Bravo ! piailla la Reine. Bien dit ! Cela me suffit... »

Je n'arrivais pas à y croire. Je commençais à penser qu'il me restait encore quelques jours à vivre.

Mais de l'autre côté de la salle me parvint une voix familière :

« Je crains qu'on ne puisse se fier à la parole d'un scarabée, Votre Majesté. »

Je connaissais cette voix, et mon cœur se serra.

C'était Krag ! Le commandant des fourmis était là, accompagné par deux de ses gardes d'élite. Je tournoyai sur moi-même pour me retrouver face à lui. Au milieu des guêpes, il semblait bien petit, mais il marchait avec la même arrogance.

« C'est donc vous le traître, dis-je. J'aurais dû m'en douter.

— Je ne suis pas un traître ! cracha-t-il. Si j'ai fait ce que j'ai fait, c'était pour le plus grand bien de la fourmilière. Et s'il faut pour cela renverser la Reine, ainsi soit-il. Il faut en finir avec la paix ! Les fourmis n'auront plus à élever des pucerons et chercher des bribes de nourriture ! Nous sommes à l'aube d'un nouvel âge d'or. Lorsque nous aurons déposé la Reine, la grande alliance entre les guêpes et les fourmis pourra conquérir le monde. Quiconque refusera de se soumettre sera détruit...

— Comme les armées de fourmis en Amérique du Sud ? demandai-je. Vous êtes fou. »

Krag se tourna vers la Reine.

« Ne vous laissez pas abuser par les paroles doucereuses de ce scarabée, Majesté. C'est un ennemi de l'Alliance, et il doit être détruit.

— Oh, d'accord, Kraggy-Waggy, répondit la Reine.

— Attendez ! m'écriai-je. Je peux encore vous être utile ! Je peux vous amener Clarissa. »

Krag secoua la tête et eut un sourire dépourvu de toute sympathie.

« Si vous l'aviez fait plus tôt, il ne vous serait rien arrivé. Nous aurions même pu vous laisser vivre. Mais il fallait que vous fourriez votre nez dans tout le reste, n'est-ce pas ?

— Mais je peux encore vous l'amener ! Je lui ai déjà parlé, une fois. J'aurais pu découvrir bien plus si vos amies les guêpes ne s'étaient pas mis en tête de m'apprendre à nager.

— C'est vrai, dit Krag. Un simple malentendu. Elles ne savaient pas que vous agissiez selon mes instructions. Mais je crains que nous n'ayons plus besoin de vos services. Votre temps est écoulé. »

Deux guêpes entrèrent dans les appartements royaux. Coincée entre elles, avançait la fourmi connue sous le nom de Clarissa. Entre ces brutes jaune et noir, elle semblait bien petite et vulnérable. Ses yeux examinaient l'endroit avec anxiété.

« Nous l'avons trouvée près de la clôture, annonça l'une des deux guêpes.

— Splendide ! déclara la Reine. En ce cas, je présume que le moment est venu.

— Quel moment ? demandai-je, tout en étant sûr de ne pas apprécier la réponse.

— Le moment de votre mort à tous les deux, répondit-elle joyeusement. Gardes ! Livrez-les à l'araignée ! »

14

Bug Muldoon se fait une toile

Deux guêpes trapues s'emparèrent de moi et m'expulsèrent du Nid *manu militari*. Une fois dehors, elles s'envolèrent, m'entraînant à leur suite. Je vis qu'une autre guêpe nous suivait, emmenant Clarissa.

Le vol fut bref. Mes porteurs tournèrent à droite, rasèrent le tas de compost, puis soudain, ils me lâchèrent. Je n'eus pas le temps de déployer mes ailes et tombai comme une pierre.

J'atterris sur quelque chose de doux – doux et mortel. C'était la toile de l'araignée géante, et je m'y retrouvai vite entortillé. Un instant plus tard, Clarissa s'abattit à mon côté. Toute la toile trembla. En réalisant où nous nous trouvions, Clarissa eut un cri horrifié et se débattit.

« Inutile, dis-je. Il n'y a pas moyen de se dépêtrer d'une telle toile – du moins pas sans aide extérieure. »

Cela eut au moins un effet : elle cessa de s'agiter. Nous étions pris au piège, tous les deux, et l'araignée ne tarderait pas à revenir et nous trouver. Clarissa tourna la tête et me regarda.

« Qui... qui avez-vous dit que vous étiez ?

— Je m'appelle Bug Muldoon, répondis-je. Je suis détective. Je pourrais dire que c'est un plaisir de vous revoir, mais étant donné les circonstances...

— Et que venez-vous faire dans cette galère ?

— Un instant, dis-je. C'est à moi de poser la question. Que venez-vous faire, vous, dans cette galère ? »

Clarissa cligna des yeux. Elle ne prononça pas un mot pas un mot, mais je sentais que les mots bouillonnaient en elle. Enfin, elle les laissa sortir.

« C'était horrible ! s'écria la fourmi. Jusqu'à ces deux dernières semaines, j'étais une fourmi des plus normales. Tout ce qui m'importait, c'était de servir la fourmilière. Puis je me suis mise à avoir des pensées différentes, nouvelles. J'avais l'impression de ne plus pouvoir me contenter de la fourmilière. Et d'autres que moi avaient la même impression. Alors...

— Le Club des individualistes, je connais, l'interrompis-je. Parlez-moi plutôt de Krag. »

Et Clarissa me dit ce qui s'était passé :

« Je me rendais à une de nos rencontres. Je prenais le chemin des écoliers, loin des routes qu'emploient habituellement les fourmis, pour que personne ne me voie. Mais alors que j'atteignais le bord du garage, je remarquai quelque chose de bizarre. Je me rapprochai pour mieux voir et me cachai derrière une touffe d'herbes. C'était le commandant Krag qui parlait avec des guêpes. Ils riaient en parlant d'un "Ordre nouveau" qui s'établirait après l'assassinat de la Reine des fourmis. C'est le mot qu'ils ont employé : *assassinat*. Je n'arrivais pas à y croire ! Krag leur demandait si on pouvait faire confiance à la Reine des guêpes – elle a la réputation d'être des plus imprévisibles – mais les guêpes se sont contentées de rire et de dire qu'elles pouvaient en faire ce qu'elles voulaient. J'ai essayé de partir discrètement, mais je n'ai réussi qu'à attirer leur attention. Krag a scruté les alentours et croisé mon regard. Quelqu'un a crié : "Attrapez-la !", et les guêpes ont volé vers moi à toute allure. J'étais tout près d'une fissure dans le béton : j'ai pu m'y glisser et m'échapper. Je ne savais que faire. Je ne pouvais pas en parler aux autorités de la fourmilière, puisque j'avais moi-même enfreint la loi en me rendant à la réunion des Individualistes. J'ai alors essayé d'en parler à quelqu'un du Club...

— Léopold ?

— Oui ! Mais il a répondu que le but même de notre rassemblement était de devenir des individus et que je devais m'occuper individuellement de mon problème. Je crois qu'il avait peur.

— Je le pense aussi.

— En tout cas, j'ai passé quelques jours loin de la fourmilière. Entre-temps, notre Reine a eu vent de notre société. Elle était furieuse. Lorsque Krag en entendit parler, il comprit que je devais faire partie de ces Individualistes et que je me rendais à une réunion lorsque je l'avais vu. Il s'est porté volontaire pour nous retrouver. En fait, ce qu'il voulait, c'était surtout me retrouver moi – pour me faire taire.

« Il a lancé toute son armée à mes trousses, mais sans résultat. La Reine s'impatientait et, vu l'insuccès de Krag, elle a décidé d'employer une personne de l'extérieur. C'est là que vous intervenez. Bien sûr, la Reine ne savait rien du plan du Commandant.

« Krag n'était pas très heureux de vous voir prendre l'affaire en main. Cependant, si vous me trouviez, vous lui épargniez bien du travail. Et si jamais vous découvriez son plan avec les guêpes, il pouvait facilement vous faire tuer. »

Je hochai la tête.

« Dommage qu'il ait oublié de prévenir ses amies

les guêpes que j'étais sur le coup. Peu importe d'ailleurs, elles ont failli me tuer près du bassin.

— Elles croyaient que vous vous mêliez de ce qui ne vous regardait pas, m'expliqua Clarissa, confirmant ce que m'avait dit Krag. Depuis ce jour, je suis restée seule, à me cacher et survivre du mieux que je le pouvais. C'était... bizarre. Très solitaire. Pour une fourmi, c'est dur de rester seule, même pour une Individualiste. »

Je me souvins de ce qu'avait dit la Reine des fourmis : quelle était la différence entre être seul et être solitaire ? Je n'en sais rien.

« Encore une question, ajoutai-je. Quand doit se produire l'assassinat ? Quand la Reine des fourmis doit-elle mourir ?

— À midi, le jour qui précède la pleine lune. Quand est-ce exactement ?

— Aujourd'hui », soupirai-je.

Je regardai vers le ciel. D'après la position du soleil, il serait bientôt midi.

Voilà, me dis-je, je savais toute l'histoire. La société des Individualistes n'avait aucune importance. Si Krag voulait retrouver Clarissa, c'était pour l'empêcher de mettre son plan en déroute. La jeune reine que j'avais vue dans la chambre secrète devait être la future remplaçante qu'il mettrait sur le trône. Une jeune reine qui ferait tout ce qu'il voudrait. Puis les armées de fourmis et de guêpes déferleraient ensemble, bien décidées à tout détruire sur leur passage. Le Jardin était condamné, et je ne pouvais rien faire pour l'empêcher. Je n'étais plus qu'un casse-croûte pour araignée.

Je fus tiré de mes sombres pensées par un mouvement soudain. Quelque chose de brun et mince émergeait d'une boîte de conserve vide qui gisait à quelques dizaines de centimètres de là. Était-ce la patte de l'araignée ? Clarissa et moi regardions de tous nos yeux.

Mais ce n'était pas l'araignée. C'était un perce-oreille, et bien que je ne l'eusse jamais vu auparavant, je le reconnus à la description qu'on m'en avait faite.

« Salut, Eddie », dis-je.

15

Englués dans la toile d'araignée

Eddie le perce-oreille n'en revenait pas. Il sortit un peu plus de la boîte.

« Comment... ? Vous connaissez mon nom ? dit-il.

— Je suis détective. Vos frères m'ont engagé pour vous retrouver. Mais je m'y suis pris comme un manche. Je croyais que vous aviez fini dans le ventre de l'araignée. »

À ce mot, Eddie frissonna de dégoût.

« Qu'avez-vous dit à mes frères ? demanda-t-il.

— Que vous viviez heureux dans la Prairie.

— C'est gentil, déclara-il. Ça a dû leur plaire.

« — Et comment ! À part ça, Eddie, si vous nous aidiez à sortir de cette toile ? »

Le perce-oreille secoua violemment la tête. De toute évidence, il était sur les nerfs. Son regard évita de croiser le mien.

« Je ne peux pas, dit-il. Je ne peux m'en mêler. C'est le règlement. Je ne... peux... regarder ce qui se passe sur cette toile... tous les insectes qui se font dévorer...

— Oui, mais vous entendez tout, n'est-ce pas ? » insistai-je.

Eddie acquiesça.

« C'est les hurlements qui me rendent cinglé ! Je ne peux plus les supporter. D'abord, ils supplient. Puis ils se font manger, et il y a tous ces bruits de succion, puis ils se mettent à crier... Depuis mon arrivée, elle en a dévoré des douzaines. »

Il me fixa avec un regard effrayant, celui d'une proie.

« Elle ne se contente pas de tuer pour survivre, mais aussi pour le plaisir.

— Et que faites-vous ici ? » questionnai-je.

Eddie parla d'une voix douce et pleine de regrets :

« Je me prenais pour un caïd. Je traînais avec un gang de guêpes et faisais de petits boulots pour elles. Puis un jour, elles m'ont dit qu'elles avaient un travail plus important à me proposer. Qu'il se passait quelque chose entre les guêpes et les fourmis... un plan. Je ne demandai pas les détails. Il me suffisait de laisser traîner mes oreilles et de les prévenir si quelqu'un soupçonnait quelque chose.

— Et qu'est-ce qui arrivait aux insectes qui avaient des soupçons ? dis-je.

— Ils disparaissaient. Les guêpes racontaient qu'on les avait emmenés dans un autre Jardin. Je n'en savais rien, je...

— Et qu'est-ce qui a déraillé ? le pressai-je. (Je voulais qu'il se dépêche. Je ne me sentais pas très à l'aise, suspendu à cette toile.)

— Certains des insectes du patio ont commencé à se douter de quelque chose, dit Eddie. J'étais toujours dans le coin lorsque les guêpes enlevaient quelqu'un. Les guêpes ont conclu que je pouvais mettre le Plan en danger : elles m'ont accompagné ici et m'ont ordonné d'adopter un profil bas jusqu'à ce que je reçoive de nouvelles instructions. D'après elles, l'araignée ne me toucherait pas parce qu'elle aurait bien assez de nourriture comme ça. Et elles avaient raison. Les guêpes apportent des insectes, les larguent sur la toile, et l'araignée se charge du reste. »

Donc, les guêpes se servaient de l'araignée pour se débarrasser de ceux qui avaient découvert leur fameux Plan. Il fallait convenir que c'était un système bien pratique.

« Il faut que vous nous aidiez ! cria Clarissa.

— Je... je ne peux pas, insista Eddie. Les guêpes ont dit qu'elles veilleraient sur moi lorsque l'Ordre nouveau serait instauré. Il faut juste que je garde un profil bas. »

On avait l'impression que lui-même ne croyait plus vraiment en ce qu'il disait. Je tentai ma chance :

« Et vous pensez vraiment que l'araignée va se contenter de n'être qu'un tueur à gages ? Vous ne croyez pas qu'elle voudra plus de pouvoir ? »

Eddie tremblait tellement qu'il pouvait à peine parler :

« Je... j'ai entendu dire qu'elle voulait renégocier son contrat. Faire partie de la classe dirigeante, comme les fourmis et les guêpes. Mais quelle importance ? Je n'ai qu'à garder un profil bas... »

Je me doutais qu'une araignée comme celle-ci ne se contenterait pas de partager le pouvoir. Elle laisserait le sale boulot aux fourmis et aux guêpes, puis les évincerait pour régner sans partage.

« Un profil bas..., balbutiait Eddie.

— Et entendre d'autres insectes se faire dévorer ? demandai-je. (Puis je prononçai le mot magique :) Dites-moi, Eddie, et si le prochain sur la liste n'est autre que votre frère Larry ? En ce cas, que ferez-vous ? Hein ? »

La question plana dans l'air comme un nuage noir. Eddie semblait souffrir le martyre.

« Même si je voulais l'aider, dit-il, je ne le pourrais pas. Je resterais moi-même englué dans la toile.

— Pas si vous utilisez ce morceau de verre. »

Je désignai d'un hochement de tête plusieurs bris de verre qui gisaient sur le sol. Eddie les fixa, mais ne bougea pas d'un poil.

« Je vous en prie », implora Clarissa d'une voix emplie de désespoir.

Même moi, je me sentis tout chose.

Eddie dut ressentir la même émotion. Il sortit lentement de sa boîte de conserve et ramassa l'éclat de verre, puis s'approcha de la toile.

« Il faut vraiment être dingue », marmonna-t-il.

Mais à son regard, on voyait bien que c'était la seule chose à peu près raisonnable qu'il ait faite depuis longtemps.

Il se pencha et se mit à trancher soigneusement les fils gluants de la toile qui retenaient Clarissa. C'était un travail des plus ardus, mais après deux minutes, la fourmi finit de se libérer.

Eddie se tourna vers moi. Il se mit à taillader le premier fil et dit quelque chose que je ne pus comprendre. J'étais trop absorbé par ce qui venait d'apparaître tout au bout du tas de compost.

L'araignée ! Elle semblait plus grosse que jamais. C'était la mort sur huit pattes. Et, bien qu'elle ne nous ait pas encore aperçus, elle se dirigeait droit sur nous.

« Vite ! » sifflai-je.

Deux de mes pattes étaient déjà libres, mais les quatre autres restaient engluées.

Eddie sentit ma frayeur. Il regarda autour de lui et se figea.

« Coupez ! » hurlai-je.

Eddie se reprit et continua de trancher les fils tout en balbutiant :

« Oh non ! Oh non ! Oh non !... »

L'araignée nous avait vus. Elle se mit à courir si rapidement que ses pattes étaient à peine visibles.

« Plus vite ! criai-je.

— Oh non ! Oh non ! Oh non !... »

Quatre membres de libres, plus que deux. Clarissa s'enfuyait de toute la vitesse de ses six pattes. J'enjoignis Eddie de se dépêcher de couper le dernier fil, mais il laissa tomber l'éclat de verre !

L'araignée était assez près pour que je puisse voir ses mandibules avides et ses poils raides ! Eddie ramassa le morceau de verre et, alors que l'araignée se rapprochait, le dernier fil cassa avec un claquement sec, et je tombai en avant. J'étais libre – l'araignée était presque sur nous –, je fonçai à mon tour et l'araignée fondit sur Eddie, qui venait de lâcher l'éclat de verre.

« Allez-y ! » cria-t-il tandis que les mâchoires de l'araignée se refermaient sur lui.

Puis il prononça ces dernières paroles :

« Dites à mes frères... que je suis désolé. »

Je courus pour rattraper Clarissa. Je ne regardai pas en arrière et fis de mon mieux pour me boucher les oreilles lorsque l'araignée commença son repas.

16

Un pour cinq, cinq pour un

Le soleil était presque à son zénith. Il ne nous restait plus beaucoup de temps. Nous ne nous sommes arrêtés qu'une seule fois pour nous cacher derrière une touffe de mauvaises herbes, alors qu'un escadron de guêpes en formation en V passait au-dessus de nous. Il devait retourner au Nid.

Après ça, Clarissa et moi nous sommes dépêchés et, au bout de dix minutes, nous sommes arrivés à la table de pique-nique où Velma, Jake et Léopold nous attendaient avec angoisse.

« Bug ! s'écria Velma. (Elle avait l'air contente de me voir – ce qui me fit bien plaisir.) Nous vous croyions mort ! Où étiez-vous passé ?

— Oh, j'étais resté scotché dans un coin ! »

Je leur présentai Clarissa et perdis une minute entière à expliquer ce qui s'était passé.

Léopold décocha un regard empreint de culpabilité à Clarissa.

« Excuse-moi. Je n'ai pas voulu t'écouter. Désolé d'être aussi froussard.

— Vous pleurerez sur son épaule plus tard, décidai-je. Maintenant, nous devons agir. Le destin de tout le Jardin est entre nos mains.

— Vous voulez rire ? dit Léopold incrédule. Nous ne sommes que cinq ! Que pouvons-nous faire face à une armée entière ?

— C'est vrai, convint Velma. Nous avons bien peu de chances de réussir. »

Je regardai longuement notre groupe d'insectes. Une mouche accro au sucre, une plantureuse sauterelle et deux fourmis qui se voulaient artistes. Léopold avait raison : que pouvions-nous faire ? Peut-être valait-il mieux s'enfuir, chercher un autre habitat pendant qu'il en était encore temps ? De toute façon, je ne risquais pas de regretter ce fichu Jardin. Puis je me souvins du jeune Billy et compris que je n'avais pas le choix.

Une voix aiguë s'éleva.

« Je vais avec B-B-Bug, dit Jake la Tremblote. Au moins, on p-p-peut toujours essayer. »

Et il vint se placer à mon côté.

« Il a raison, renchérit Clarissa. De toute façon, Krag et les guêpes ne nous épargneront pas. »

Velma haussa les épaules.

« Pourquoi pas ? Cela fera un article du tonnerre, même si je ne peux pas le raconter de mon vivant. Je vous suis. »

Et, d'un bond, elle rejoignit les autres.

Tous les yeux se posèrent sur Léopold.

« C'est une mission suicide ! protesta-t-il. Je... je ne veux pas mourir. »

« Comme nous tous », pensai-je. Mais Clarissa fit un pas en avant. Sa voix tremblait :

« Écoute, Léopold. Nous venons de découvrir la liberté d'être nous-mêmes, d'être des individus. Mais la liberté ne signifie pas l'égoïsme. Être un Individualiste ne signifie pas qu'il faille vivre totalement éloigné des autres. On a toujours besoin d'amis, et on a des responsabilités envers eux. Parfois, il faut oublier ses propres intérêts et combattre pour ceux qu'on aime. Même au péril de sa propre vie... »

Le discours était plutôt ampoulé, mais je savais qu'elle parlait du fond du cœur.

J'imagine qu'il fit son petit effet. De honte, Léopold baissa la tête.

« Oh !... je viens, finit-il par dire. Mais je ne ferai rien de dangereux, d'accord ? Rien.

— C'est bon, déclarai-je. Alors, voilà mon plan. Krag et ses troupes vont attaquer la Reine à midi. La

141

plupart des fourmis seront sorties chercher à manger. Lorsqu'elles entendront le signal d'alarme, elles reviendront en catastrophe pour défendre la Reine. C'est là que les guêpes lanceront une attaque aérienne pour les empêcher de regagner le Nid. (Je désignai d'un hochement de tête Velma et Jake.) C'est là que vous deux intervenez.

— Que f-faisons-nous, Bug ? » demanda Jake.

Velma avait compris.

« Il nous reste un peu de temps avant midi. Nous allons tout raconter aux insectes que nous rencontrerons. Si tout le monde – et je dis bien TOUT LE MONDE – s'allie, nous pourrons peut-être combattre efficacement les guêpes. »

Et son sourire me dit que, même si elle pensait que notre plan n'avait pas une chance de réussir, elle ferait néanmoins tout son possible.

« Et nous ? » demanda Clarissa.

Je les regardai, elle et Léopold.

« Facile. On va descendre dans le Nid. »

17

Descente dans la fourmilière

Bien sûr, il ne fut pas si facile d'entrer. Il n'était pas question de m'annoncer aux portes de la fourmilière et de demander d'un ton détaché à voir la Reine. Une sentinelle m'intercepterait au bout de trois secondes.

C'est pourquoi, lorsque nous fûmes assez près de l'entrée, Clarissa et Léopold me retournèrent sur le dos. Je recroquevillai mes pattes et ne bougeai plus. Aux yeux de tous, je passerais pour mort.

« C'est bien, fit Clarissa pour m'encourager. Vous avez vraiment l'air d'un cadavre.

— Merci.

— Mais n'oubliez pas, conseilla Léopold qui se

considérait comme un expert en arts théâtraux. *Pensez* comme un mort ! »

Les deux fourmis se mirent à me traîner vers l'entrée. Clarissa poussait à l'arrière et Léopold tirait à l'avant. Une fourmi peut soulever plusieurs fois son propre poids, et elles me déplacèrent sans trop de mal. Je fis de mon mieux pour me détendre et « penser comme un mort ».

Après quelques minutes, ils ralentirent, puis s'arrêtèrent. Nous nous trouvions devant l'entrée.

« Nous demandons la permission de passer », dit Clarissa.

Sa voix ne trahissait aucune émotion, mais je savais qu'elle frissonnait.

Une sentinelle répondit :

« Faites votre rapport. »

La voix de Clarissa était à nouveau atone. Elle me sembla bizarre.

« Nous avons rencontré ce scarabée près du bassin, dit-elle. Nous l'avons vaincu et l'avons ramené pour qu'il serve de nourriture.

— Vous l'avez vaincu à vous deux ?

— Ce scarabée était vieux et affaibli, rétorqua Clarissa, et il s'est à peine défendu. Nous n'avons eu aucun mal à en venir à bout. »

« Hé, fis-je en continuant de faire le mort. N'en rajoutez pas ! »

Les quelques secondes de réflexion que s'octroya

la sentinelle me semblèrent une éternité. Je m'attendais à ce qu'elle donne l'alarme et appelle des renforts. Mais elle se contenta de dire :

« Permission accordée. Entrez dans le Nid. »

Puis je me vis traîné et poussé à nouveau, et nous avons plongé une fois de plus dans les sombres tunnels de la fourmilière.

La descente dura longtemps. Je gardais les yeux fermés, mais pouvais entendre le pas régulier des autres fourmis qui passaient dans les tunnels. À un moment, nous avons dû traverser un couloir désert, car Clarissa murmura :

« Combien pesez-vous exactement ?

— Arrêtez de râler ! répondis-je. Je suis vieux et faible, ne l'oubliez pas. Vous n'avez eu aucun mal à me tuer, alors me transporter devrait vous être tout aussi facile. »

Entre-temps, Léopold se contentait de marmonner des paroles inaudibles. Nous avons continué notre descente.

Enfin, nous nous sommes arrêtés.

« O.K. ! murmura Clarissa. Vous pouvez vous retourner. La route est libre. »

Ils me prirent chacun par un côté, saisissant mes enveloppes d'ailes, et me remirent à l'endroit. Il me fallut un instant pour que mes yeux s'adaptent à la pénombre. Je regardai les visages sombres de mes compagnons. La marque blanche sur la tête de Clarissa semblait aussi pâle que la lune elle-même. La lune... Je me demandai si je la reverrais un jour au beau milieu d'un ciel nocturne.

« Jusque-là, dis-je, vous avez fait du bon travail. »

Léopold fit la grimace. Il ne s'amusait pas beaucoup.

Clarissa acquiesça doucement et me désigna un tunnel derrière moi.

« Celui-ci mène aux appartements royaux, dit-elle. C'est l'entrée de service : elle devrait être déserte. Mais faites bien attention.

— Et vous deux ? demandai-je.

— Nous allons rassembler tous les Individualistes que nous pouvons trouver, déclara Clarissa, récitant pour la vingtième fois le plan que nous avions concocté. Puis j'irai voir la jeune reine.

— D'accord, dis-je. Allons-y ! »

Je me retournai pour m'engager dans le tunnel menant aux appartements de la Reine.

« Attendez ! s'écria Léopold. Vous n'oubliez pas quelque chose ? »

Il semblait plus en colère qu'effrayé.

Mon esprit s'affola. Notre plan n'était pas des plus aboutis, et nous l'avions révisé encore et encore. Avais-je négligé un détail ?

« Vous ne nous avez pas souhaité bonne chance », s'offusqua Léopold.

J'eus un sourire.

« Je présume que cela ne nous suffira pas, mais pour tout ce que cela peut valoir... bonne chance ! »

Et, sur ce, nous sommes partis chacun de notre côté, disparaissant dans les couloirs sombres. Je fonçai dans mon tunnel aussi vite que possible, poussé par tout un cortège de frayeurs : « Était-il trop tard ? Velma et Jake réussiraient-ils dans leur lutte contre les guêpes gardant le Nid ? Lorsque cette journée se terminerait, la Reine des fourmis serait-elle encore vivante ? Et moi, serais-je encore en vie ? »

J'étais si absorbé par ces pensées que la fourmi qui apparut devant moi me prit par surprise.

« Halte ! lança-t-elle. Que faites-vous ic... ? »

Je n'avais pas le temps de discutailler. Si ce gars-là faisait partie des hommes de Krag, il fallait que je m'en débarrasse. Et même s'il n'en faisait pas partie, je n'avais pas le temps non plus de lui expliquer ce qui se tramait. Je lui donnai un coup sur le crâne, et il s'écroula, K.-O.

« Si tu es loyal envers la Reine, dis-je en l'enjambant, dors bien – et prie pour que tu te réveilles à temps pour fêter la victoire. »

Je courus le long du tunnel. Je courus et courus encore. Je commençais à croire que j'avais pris la mauvaise direction lorsque j'entendis du bruit droit devant moi. Le tunnel s'élargit pour s'ouvrir sur un grand hall.

Je rampai jusqu'à la sortie du tunnel et passai ma

tête dans la salle, espérant y découvrir les appartements royaux.

L'endroit était bourré à craquer. La Reine s'occupait de la revue des troupes, comme à l'accoutumée. Chaque jour, elle inspectait une division différente de la glorieuse armée des fourmis. Aujourd'hui, c'était celle de Krag, et la chambre était remplie de ses soldats.

Krag lui-même se tenait à leur tête. Il faisait semblant d'écouter poliment la Reine, mais je pus voir qu'il était prêt à agir. Il tremblait presque d'excitation.

Je remarquai avec soulagement qu'il y avait plusieurs rangées de gardes personnels de la Reine. Ils se battraient à dix contre un, mais au moins, ils affronteraient avec vaillance les troupes de Krag.

« Très satisfaisant, disait la Reine. Ce sera tout, commandant Krag...

— Pas tout à fait, railla Krag, puis il hurla : SOLDATS ! L'HEURE EST VENUE ! POUR LA GLOIRE DU NID, ATTAQUEZ ! TUEZ LA REINE ! »

Ses hommes poussèrent un cri à glacer le sang et se lancèrent à l'attaque.

Je soupirai. C'était parti...

18

La grande bataille du Jardin

Ce fut un gigantesque chaos. Les troupes de Krag se ruèrent en avant en faisant cliqueter farouchement leurs mandibules. Elles déferlèrent comme une vague destructrice.

La Reine laissa échapper un hoquet de surprise. Ses gardes loyaux s'empressèrent autour d'elle et se mirent en formation de défense.

Lorsque les deux forces en présence entrèrent en collision, il y eut un effroyable tumulte, puis le combat s'engagea au corps à corps. La bataille était rude, et la salle s'emplit de hurlements de douleur et de triomphe. Les cadavres des victimes jonchèrent le sol alors que les fourmis s'affrontaient.

Je sortis de ma cachette, ramassai la fourmi la plus proche – un des soldats de Krag – et la repoussai. Une seconde fourmi me sauta dessus pour me mordre, me piquer et m'inonder d'acide. Raté : ni ses mandibules, ni l'acide formique ne pouvaient transpercer mon dos cuirassé. Je virevoltai et la balançai sur deux de ses camarades.

Je distinguai Krag en personne, à l'autre bout de la salle. Il se tenait sur un monticule de terre, d'où il pouvait voir tout le champ de bataille et hurlait des instructions à ses hommes. J'aurais bien aimé qu'il soit plus près. À ce moment précis, lui tordre son petit cou de fourmi était une perspective fort alléchante.

Je baissai la tête et chargeai au beau milieu de la mêlée jusqu'à ce que j'atteigne les lignes des gardes qui défendaient la Reine. Ils semblèrent étonnés de me voir et étaient prêts à m'attaquer lorsque j'entendis la voix résolue de la Reine tonner derrière eux :

« Il est avec nous ! Bienvenue sur le champ de bataille, monsieur Muldoon. »

Tout en combattant dans les rangs des gardes, je me dis que j'avais mal jugé les fourmis. Je les avais toujours tenues pour froides, dépourvues d'émotions, mais les soldats de la Reine la défendaient avec une telle passion et une telle bravoure que j'en restais pantois. Lorsqu'un d'entre eux tombait, un autre prenait sa place, et ils guerroyaient sans se lasser alors que, par vagues entières, les troupes de Krag déferlaient sur eux.

Néanmoins malgré leur bravoure, la bataille finit par tourner à notre désavantage. Les hommes de Krag étaient bien trop nombreux. Des brèches commençaient à apparaître dans notre ligne de défense. Tôt ou tard, ils finiraient par atteindre la Reine. Ce n'était plus qu'une question de temps, me dis-je en assommant un assaillant de plus. Krag allait gagner la bataille !

Et c'est alors qu'un cri résonna à travers la salle tandis que les troupes fraîches apparaissaient dans le hall : « POUR LA REINE ET LE NID ! » C'étaient les fourmis qui travaillaient à l'extérieur. Les guêpes n'avaient pas pu les empêcher de rentrer dans la fourmilière ! Et elles étaient revenues protéger leur Reine. Velma avait réussi !

Je partis d'un grand éclat de rire.

« Velma, je t'adore ! Plus jamais je ne dirai du mal des sauterelles ! »

Les nouveaux arrivants se jetèrent sur les troupes de Krag, désormais obligées de combattre sur deux fronts. Et la bataille fit rage à nouveau. À un moment donné, je vis que Krag avait abandonné son poste d'observation, mais je n'eus pas le temps de me demander pourquoi : j'étais trop occupé à me dépêtrer de deux assaillants.

Je ne pourrais pas dire combien de temps dura

l'affrontement. Une éternité, me sembla-t-il. Enfin, je pris conscience que la majorité des soldats de Krag s'étaient rendus ou enfuis, ou gisaient sur le sol. Ceux qui se battaient encore étaient encerclés et furent bien vite capturés. C'était fini : l'insurrection avait échoué.

Une voix hautaine s'éleva. C'était celle de la Reine :

« Monsieur Muldoon ! C'est gentil à vous d'être passé nous voir. À la lumière des événements récents, il est peut-être temps de nous faire part des progrès de votre enquête... »

Je lui dis tout ce que je savais du plan de Krag.

« Me tuer ? Mais il ne peut y avoir de Nid sans Reine, protesta-t-elle.

— Voici la réponse à votre question », répondis-je.

Je désignai la porte secrète, où se tenaient Léopold, Clarissa et un groupe de leurs amis individualistes. Ils entouraient la jeune reine.

« Krag voulait mettre une nouvelle reine sur le trône, expliquai-je, mais lui seul aurait été le véritable détenteur du pouvoir. »

La souveraine jaugea du regard sa rivale.

« Amenez-la », ordonna-t-elle.

Les gardes s'écartèrent tandis que Clarissa, Léopold et leur prisonnière s'approchaient de Sa Majesté. La jeune reine arborait une expression loin-

154

taine, comme si elle ne comprenait pas ce qui se passait. Lorsqu'ils furent assez près, elle leva ses yeux embrumés vers la Reine. Et, soudain, son visage se décomposa en une expression de haine sauvage.

« Mort à la Reine ! hurla-t-elle. Longue vie à la nouvelle Reine ! »

Et elle se jeta sur sa rivale, brandissant son dard.

Clarissa tenta de la retenir, mais il était trop tard. Aucun des gardes n'était assez près. Moi-même me tenais trop loin. La seule personne susceptible d'agir était Léopold, la fourmi qui avait eu trop peur pour écouter l'histoire de Clarissa, la même qui avait dit : « La Reine n'est rien pour moi » et qui avait refusé de prendre le moindre risque.

Et pourtant, il n'hésita pas un instant. Oubliant sa propre sécurité, il plongea et s'interposa entre les deux reines. Le dard de la plus jeune plongea dans son thorax.

Aussitôt, deux gardes d'élite bondirent sur elle et l'emmenèrent, hurlante et vociférante. Mais il était trop tard pour Léopold. Il gisait aux pieds de la vieille Reine qu'il venait de sauver. Elle le regarda tristement.

« Voilà une fourmi qui a protégé les intérêts du Nid au prix de sa propre vie », dit-elle.

Léopold était allongé sur le sol. Il hoquetait et, de toute évidence, était à l'agonie. D'une voix faible, il récita son ultime poème :

> « *Si je dois mourir*
> *Au fond de ce Nid,*
> *Gardez souvenir*
> *De moi, je vous prie.*
>
> *Je fis de mon mieux*
> *Pour être sans pareil*
> *Et vous dis adieu... »*

Il s'interrompit.

« Heu ! qu'est-ce qui rime avec *pareil* ?

— *Orteil* ? suggéra l'un des gardes de la Reine.

— *Soleil* ? dit un second.

— Oui, oui, fit Léopold, mais ni l'un ni l'autre ne conviennent pour la dernière rime de mon chant de mort, n'est-ce pas ? »

Soudain, sa voix était plus forte. Je me rapprochai.

« Où êtes-vous blessé exactement ? »

Je ne distinguais pas la moindre plaie. Peut-être que le dard l'avait raté ?

Léopold baissa les yeux sur ce corps qu'il croyait à l'agonie et agita ses six pattes.

« Je peux marcher ! s'exclama-t-il. Je vais vivre ! C'est un miracle ! »

Léopold semblait époustouflé. Je n'avais pas le temps de lui expliquer ce qui s'était passé. Autant qu'il le découvre par lui-même : un des moyens les plus importants d'exprimer son individualité est de la risquer pour ce qui vous tient à cœur.

J'eus un sourire. Je croyais que Léopold ne pensait jamais qu'à lui et rien qu'à lui. Qui aurait cru qu'il se transformerait en héros ? Peut-être y avait-il encore un peu d'espoir pour ce Jardin ?

Je me tournai vers la Reine et son entourage.

« Où est Krag ? » criai-je.

Un garde royal fit un pas en avant.

« Il s'est enfui avec une section de ses troupes d'élite, dit-il. Ils sont partis par là. »

Et il désigna le tunnel. Je m'y précipitai.

19

La belle et le scarabée

Je filai à travers les tunnels avec une rapidité qui me surprit moi-même. J'étais conduit par ma haine pour Krag. Krag le traître, Krag l'assassin. Pas question de le laisser s'échapper.

Krag devait savoir qu'il était suivi : il décida de faire face et combattre. En tournant à un coude, je le découvris dans une petite salle où il attendait avec six de ses gardes d'élite. Le félon se tenait au premier rang.

« À nous, Muldoon ! railla-t-il. Je souhaite ce moment depuis notre première rencontre. Le Plan est peut-être fichu, mais au moins aurai-je le plaisir de vous mettre en pièces, morceau par morceau. »

Il s'avança, suivi de ses hommes. Je n'avais aucune chance de m'en sortir : en un clin d'œil, ils pouvaient me submerger, toutes mandibules dehors, et c'en serait fini de Bug Muldoon, détective privé. Mais je ne me laisserais pas faire.

Puis j'eus une idée. Pas terrible, mais je n'avais rien d'autre sous la main. Je m'adressai non pas à Krag, mais aux fourmis derrière lui.

« Attendez ! m'écriai-je. Écoutez-moi ! Est-ce vraiment là ce que veulent toutes les fourmis ? Depuis le début, Krag agit pour son propre compte, sa propre gloire. En remplaçant la Reine, il ne voulait pas renforcer la fourmilière mais son propre pouvoir !

— N'écoutez pas les mensonges d'un vulgaire scarabée ! cracha Krag. Attaquez ! Tuez-le ! Mettez-le en pièces ! »

Mais les fourmis s'étaient arrêtées. Elles se regardèrent en tapant des pattes.

« Idiots ! cria Krag. Vous ne voyez pas qu'il est mon ennemi ? Il doit être détruit ! »

Je profitai de mon avantage :

« Vous entendez ? Il a dit "mon ennemi" et non "notre ennemi". Krag est le pire des individualistes, et lui n'a pas été exposé à un désherbant quelconque. Il parle de la gloire du Nid, mais ne pense qu'à la sienne. Il est ivre de puissance ! »

Les fourmis restaient immobiles. La tension qui

courait dans l'air était si dense qu'on aurait pu marcher dessus. Puis, un par un, les soldats se tournèrent lentement vers Krag. Leur attitude était éloquente : ils refusaient de combattre.

Krag était fou de rage, mais savait qu'il ne pouvait espérer me vaincre à lui tout seul. Tout était perdu, et il l'avait compris.

« Vous allez me payer ça, Muldoon, sale scarabée ! rugit-il.

— Voilà de bien grands mots pour une si petite fourmi », répondis-je en souriant.

Il me regarda droit dans les yeux.

« Je reviendrai, dit-il. Le Jardin n'a pas fini d'entendre parler de moi ! »

Puis il plongea vers un petit tunnel qui s'ouvrait sur sa gauche. J'essayai de le suivre, mais le passage était trop étroit pour moi. Je ne vis que ses pattes arrière alors qu'il s'enfuyait dans les ténèbres vers ce que le destin lui réservait. J'espérais que ce ne serait pas une partie de plaisir.

Je fis demi-tour pour prendre le chemin des appartements royaux. Une voix m'arrêta :

« Monsieur Muldoon ? »

C'était un des gardes de Krag.

« Appelez-moi Bug, répondis-je.

— Vous aviez raison, Bug, dit la fourmi. Parfois, une fourmi ne doit pas se contenter d'obéir aux ordres. Parfois, il lui faut penser par elle-même et

161

prendre une décision. (Il regarda ses compagnons.) Comme nous venons de le faire.

— Je vous connais ? » demandai-je intrigué.

Pour moi, les fourmis se ressemblent toutes, mais ce gars-là avait quelque chose de familier. Soudain, je sus qui il était.

« Je m'appelle Frank », ajouta-t-il en souriant.

C'était la fourmi qui m'avait accompagné au fond du Nid au début de cette histoire.

« Puis-je faire quoi que ce soit d'utile ? » interrogea-t-il.

J'acquiesçai.

« Montrez-moi le chemin le plus court vers la surface. J'ai quelques petites affaires à régler en haut. »

*
* *

Ce fut un grand soulagement de remonter à l'air libre et de sentir le soleil sur mon visage. Mais je ne m'attendais pas à un tel spectacle.

La bataille avait fait rage à l'intérieur de la fourmilière, mais un combat tout aussi farouche s'était déroulé dehors. L'herbe était jonchée de cadavres et de blessés, les guêpes d'un côté et, de l'autre, un assortiment de tous les insectes qui pouvaient vivre dans le Jardin.

L'affrontement avait été rude, mais les guêpes avaient été vaincues. Elles avaient dû retourner dans leur Nid, sous l'arbre situé de l'autre côté de la clôture. Maintenant, tous les autres insectes s'occupaient des blessés. Certains cherchaient leurs camarades tombés au combat. L'humeur générale n'était pas à l'exaltation de la victoire. Une sorte de lassitude imprégnait l'atmosphère. Cela n'avait rien pour me surprendre. La guerre pouvait avoir ce genre d'effet.

Je me frayai un chemin parmi un groupe de mouches bleues qui, déjà, cherchaient à s'impressionner par leurs récits de bataille. Une voix familière m'appela. Je me tournai et vis Larry, le frère aîné d'Eddie le perce-oreille. Je le saluai. Je l'avais pris pour un type pondéré mais j'étais heureux de constater que, lorsqu'il avait fallu choisir, il n'avait pas hésité. Quand tout ceci serait terminé, je lui dirais qu'il pouvait être fier de son frère Eddie. Mais pour l'instant, j'avais autre chose à faire.

Je la vis de loin, et la vague de soulagement qui me submergea me surprit moi-même. C'était Velma. Elle parlait à une libellule qui s'était brisé une aile au combat. Je me précipitai vers elle.

« Bug ! s'exclama-t-elle. C'est gentil d'être venu à la fête, mais vous avez raté l'attraction principale.

— Ne vous en faites pas ! Nous avons aussi eu droit à notre petite sauterie souterraine. Clarissa et Léopold vont bien. Et Jake ?

— Lui aussi, répondit Velma. Il a rameuté toutes les mouches du voisinage – dommage que vous

163

n'ayez pas vu cela, Bug. Nous avions des perce-oreilles, des fourmis et des cafards combattant côte à côte, des mouches bleues et des abeilles volant en formation de combat. C'était magnifique ! Les guêpes se sont battues avec bravoure, mais elles n'avaient pas une chance de gagner la bataille.

— Cela va faire un sacré article », dis-je.

Velma et moi avons contemplé le Jardin. À l'autre bout de la pelouse, l'Homme de la Maison était affalé dans une chaise longue.

« Vous croyez qu'il peut se douter de ce qui se passe ? » demanda Velma.

Je secouai la tête.

« Les humains sont trop bêtes pour voir ce qui se produit autour d'eux. Il doit penser que c'est un bel après-midi, rien de plus.

— Eh bien, maintenant, c'est peut-être vrai, déclara Velma. Je veux dire : tout peut revenir à la normale, n'est-ce pas ? C'est fini. »

J'eus la tentation d'acquiescer. Le Jardin était si beau sous les rayons du soleil : le vert des pelouses, les taches de couleurs des parterres de fleurs... On aurait pu croire que c'était un coin tranquille. Ou presque.

Mais je savais que ce n'était pas encore fini.

« Non, dis-je. Il reste une chose à faire, et il faut que je la fasse seul.

— Quoi ? demanda Velma, bien qu'à son expression il fût visible qu'elle avait déjà deviné.

— Je vais tuer l'araignée », annonçai-je.

20

Le dernier combat

Alors que je traversais le champ de bataille dévasté, le soleil brillait toujours comme s'il ne s'était rien passé. Cela ne me semblait pas juste. L'Homme de la Maison était encore allongé sur sa chaise longue rayée. Un journal était étalé sur son genou, mais il ne le lisait pas. Il dormait. Sa tête oscillait de droite à gauche, et il émettait des ronflements gutturaux.

Je lui jetai un long regard venimeux en passant près de lui et pensai : « Tu n'as pas la moindre idée de ce qui se passe dans ce Jardin, n'est-ce pas ? Tu te vautrais au soleil pendant qu'une tentative d'assassinat et un coup d'État militaire se déroulaient presque sous tes yeux ! Quasiment une guerre ! S'il est vrai que les ignorants sont bienheureux, tu dois nager dans le bonheur. »

Je secouai la tête et continuai mon chemin vers le sud. Là où se trouvaient le tas de compost et le repaire de l'araignée.

Lorsque j'y arrivai, la bête à huit pattes était endormie. Son grand corps bedonnant était plongé dans l'ombre. Elle s'était affalée dans le coin le plus éloigné de son immense toile. Je me rappelai l'impression qu'on ressentait lorsqu'on était englué dans ce piège mortel. Ce n'était pas un souvenir agréable.

Je regardai cette grande bête poilue et me demandai combien d'autres insectes elle pourrait tuer – à moins que quelqu'un ne mette un terme à ce massacre. Et ce quelqu'un ne serait autre que moi.

Une vague de colère me submergea.

J'ai ma façon à moi de voir les choses. Ainsi, il faut bien que tout le monde se nourrisse. Beaucoup d'insectes et d'araignées dévorent d'autres créatures vivantes – de préférence celles qui ne risquent pas d'en faire leur propre repas. Je ne dis pas que c'est bien ou mal, juste que c'est comme ça.

Mais cette araignée était différente. Elle aimait tuer. Bien sûr, elle avait été poussée à cela par les guêpes et les fourmis de Krag, mais je savais qu'elle aurait commis ces meurtres de toute façon, ne serait-ce que pour le plaisir. Le carnage était son passe-temps préféré. Et même si le grand complot des fourmis et des guêpes avait échoué, elle ne s'arrêterait pas en si bon chemin. Pas tant qu'elle ne contrôlerait pas tout le Jardin.

Il était temps d'agir.

Vous connaissez les scarabées Goliath ? Ils peuvent croître jusqu'à atteindre seize centimètres et ont la force que donne leur taille importante. Un aussi gros scarabée n'aurait aucun mal à se défaire d'une araignée.

Malheureusement, je ne suis pas un scarabée Goliath. L'araignée était plus grande que moi, plus rapide et plus dangereuse. (Et aussi plus poilue, mais je doute que cela ait de l'importance à ce stade.)

Mais il me restait un avantage : mon intelligence. Je comptais bien me montrer plus malin que cette vieille idiote d'araignée.

D'abord, il fallait que j'attire son attention. Je ramassai une brindille et tapai sur les autres fils de la toile. Tout l'édifice en frissonna, et dès que l'araignée perçut les vibrations, elle sortit de sa cachette.

Elle me dévisagea, et je crus distinguer une lueur d'étonnement dans ses yeux morts. Je présume qu'elle n'avait pas l'habitude de voir des insectes venir se présenter volontairement pour lui servir de dîner. Elle se dirigea vers moi.

J'arborai mon sourire le plus cordial, jetai la brindille, me retournai et courus comme un dératé. Je filai à travers les broussailles, fonçant entre les branchages et les mauvaises herbes. Je jetai un coup d'œil derrière moi pour voir si l'araignée me suivait de toute la vitesse de ses huit pattes. Elle était plus rapide que moi, pas de doute, mais j'étais plus petit et pouvais donc me frayer un chemin là où mon assaillant ne pouvait passer.

Finalement, j'atteignis la bordure de la pelouse. C'est là que mon plan devenait risqué : en terrain découvert, l'araignée ne tarderait pas à me rattraper...

Je baissai la tête et filai sur l'herbe fraîchement coupée. Je n'osai même pas prendre le temps de regarder en arrière. C'était inutile : tout mon être me criait que l'araignée gagnait du terrain. Mais je résistai à l'envie de déployer mes ailes et de m'envoler. Je continuai de courir.

Je levai les yeux pour vérifier qu'il était encore là. Et il y était. L'Homme de la Maison, assis dans sa chaise longue au milieu de la pelouse. Il dormait toujours. Je fonçai droit sur lui. Il restait peu de distance à couvrir – ce qui était préférable, car je progressais moins vite.

J'étais si concentré sur ma destination que je ne vis que trop tard le trou dans la pelouse. Je tombai dedans et eus grand mal à éviter de me retourner.

« Il s'en est fallu de peu », me dis-je, lorsque l'araignée me domina de toute sa masse. Elle était encore plus rapide que je ne l'aurais cru. Elle émit un sifflement terrifiant, et des visions funèbres traversèrent mon esprit.

Je déployai mes ailes pour m'envoler hors de sa portée. C'était davantage un réflexe qu'un geste délibéré. Je pensai sans doute que, si je pouvais lui échapper, j'aurais bien d'autres occasions de la vaincre. Mais il était trop tard. L'araignée bondit et saisit une de mes ailes. Elle tira pour me ramener à portée de ses mandibules, mais ne réussit qu'à m'arracher une aile. Cela me fit moins mal que je ne l'aurais cru (cependant l'expérience était plutôt pénible).

Je saisis ma chance et filai comme le vent. Je ressentais une douleur sourde là où mon aile s'était détachée. Je l'ignorai et continuai de courir, l'araignée sur mes talons.

Je commençais à croire que je n'y arriverais jamais, quand je finis, enfin ! par atteindre ma destination – l'Homme de la Maison. Il ronflait toujours, allongé, les jambes croisées – ce qui fait qu'un seul de ses pieds reposait sur le sol. Je bondis et atterris sur le bord de sa botte de jardinier. Je continuai d'avancer en faisant bien attention à ne pas me prendre une

patte dans les lacets. Derrière moi, l'araignée grimpa elle aussi sur la botte.

Maintenant, j'étais tout en haut de la botte et, devant moi, il y avait le pantalon de l'Homme et, sous le tissu, dans l'ombre, sa peau blanche et poilue. Je n'avais aucune envie de me retrouver coincé là-dessous.

Je sautai et m'agrippai au rebord de la jambe de pantalon. Je fis un rétablissement et repris ma course le long de sa cuisse. Au niveau du genou, son autre jambe croisée me bloqua le chemin. Je sautai donc sur cette autre jambe et escaladai le genou. Une fois au sommet, je regardai derrière moi. Fini de courir : cette fois-ci, il était temps de combattre.

Après plusieurs interminables secondes, une patte velue fit son apparition au-dessus du rebord. L'araignée se hissa sur le genou, claquant férocement des mandibules, et se dirigea vers moi. Maintenant, elle avançait lentement, comme si elle savourait ce moment. J'étais paralysé par la peur.

Mais il me restait un plan ! Alors que l'araignée se préparait à attaquer, je me penchai et, de toutes mes forces, mordis la jambe de l'Homme. Voilà ce qui, dans mon esprit, devait arriver : ma morsure réveillerait l'Homme ; il regarderait sa jambe pour voir cette grosse araignée très moche ; et il s'en occuperait d'un coup de journal. Paf ! Entre-temps, je n'avais qu'à sauter pour me retrouver en sécurité.

Pas mal, comme plan, hein ? Il n'y avait qu'un petit problème : le tissu du pantalon était trop épais. Je ne pus atteindre sa chair, et donc pas question de le réveiller. Une phrase explosa dans ma tête : J'ÉTAIS CUIT.

L'araignée se rapprochait. Plus question de m'envoler ; pas sur une seule aile. Soudain, je sentis une brise légère caresser mes flancs.

Mais oui ! Si je ne pouvais m'envoler, je pouvais toujours planer ! Je fonçai vers l'araignée. Au dernier moment, je bondis en l'air en étendant ma seule et unique aile dans l'espoir que la brise m'emporterait. Et elle répondit à ma prière muette : je passai par-dessus la tête de l'araignée. Je ne pouvais voler droit sur une seule aile, mais je m'y attendais et j'accompagnai le mouvement. Je tombai en tourbillonnant, et ma spirale m'amena sur la botte de l'Homme.

Je n'avais pas de temps à perdre. L'araignée devait déjà dévaler la jambe. Je montai en haut de la botte, passai sur une chaussette tire-bouchonnée, et donnai un bon coup de mandibules dans la peau blanche. Puis je me laissai rouler et tomber sur le sol, tout simplement. Je me reçus sur l'herbe. Quoi qu'il arrive maintenant, je ne pouvais plus rien faire.

Les événements qui suivirent sont brouillés dans ma mémoire. J'entendis l'Homme s'écrier :

« OUILLE ! » en se réveillant. Ses yeux se posèrent sur l'araignée accrochée à sa jambe. Celle-ci tomba à terre alors que l'Homme sautait sur ses pieds. Puis j'entendis le bruit que fit la botte de l'Homme en écrasant l'araignée : SCRONTCH !

Et croyez-moi, c'est le plus beau son que j'aie jamais entendu.

Épilogue

Quelques jours plus tard, je fus invité dans la fourmilière. Être « invité » est nettement plus agréable qu'« enlevé ».

Lorsque j'atteignis les appartements royaux, je reconnus à peine l'endroit. Les fourmis n'avaient pas perdu leur temps. On n'aurait jamais cru que l'endroit avait été le théâtre d'un combat sanglant. Et des fourmis emplissaient l'espace, rang après rang, en colonnes bien ordonnées. Tous attendaient que la Reine parle.

« L'Ordre est revenu, déclara-t-elle. Le Nid est à nouveau un et indivisible... Je décrète la levée de toutes sanctions à l'encontre de ceux qui ont soutenu

Krag. Ils se contentaient de faire leur devoir de fourmi en obéissant aux ordres.

— Tout est redevenu normal ? » demandai-je.

La Reine resta longtemps silencieuse avant de reprendre la parole :

« Je suis âgée... mais pas trop vieille pour apprendre, et ces derniers jours, j'ai beaucoup appris. (Elle embrassa du regard l'assemblée des fourmis.) Le sursaut d'individualisme n'est pas né que des produits chimiques de l'Homme. Il est venu de *nous-mêmes*. C'est la soif de pouvoir personnel de Krag qui a mené le Nid au bord du désastre. Mais... »

J'acquiesçai :

« Oui, mais. Qu'en est-il des Individualistes ?

— Les soi-disant Individualistes ont combattu aux côtés de mes gardes. Ils ont fait la preuve de leur courage et leur loyauté. »

Je vis Léopold, au premier rang, se rengorger avec fierté. La Reine continua :

« Mais plus encore, ils nous ont prouvé que l'individualisme n'est pas toujours une mauvaise chose. En fait, il peut même être nécessaire. J'ai appris que parfois, en certaines occasions, il faut pouvoir penser par soi-même afin de mieux défendre le Nid. Nous sommes Un et Indivisibles, mais nous sommes aussi composés de nombreux éléments. Pour cette raison, j'ai décidé d'autoriser les Individualistes à poursuivre leurs... activités. Qui peut dire ce qui attend le

Nid... mais, ensemble, nous trouverons le bon équilibre. »

La Reine se tourna vers Clarissa.

« Quant à cette jeune personne, son assistance fut précieuse, et sa récompense sera à la hauteur de ses mérites.

— Un instant, intervins-je. Quelle assistance ? »

Clarissa se tourna vers moi.

« Depuis le début, je travaillais pour la Reine, avoua-t-elle simplement. Tout ce que je vous ai dit quand nous étions accrochés à la toile de l'araignée était vrai. Tout sauf un détail : après avoir surpris Krag en train de discuter avec les guêpes, je suis bel et bien retournée au Nid pour rapporter ce que j'avais vu à la Reine. Comme nous ne savions pas combien de nos hommes choisiraient le parti de Krag, nous avons décidé d'attendre de voir ce qu'il en serait. Nous ne savions même pas si nous pouvions avoir confiance en *vous*. Mais avant que j'aie pu en apprendre davantage, je me suis fait capturer par les guêpes... »

Je secouai la tête et éclatai de rire. La Reine eut un sourire poli et me dit :

« Bien sûr, eu égard à vos services, monsieur Muldoon, vous recevrez le plus grand honneur de tous. Je vous décore de l'ordre du Nid. Vous allez devenir une fourmi honoraire.

— C'est très gentil, Votre majesté, répondis-je, mais je suis obligé de dire non. Je me contenterai d'être un vulgaire scarabée. »

La Reine respecta ma décision par un hochement de tête gracieux.

*
* *

Je présume que mon histoire tire à sa fin, bien que tout ne soit pas vraiment terminé. D'après moi, aucun récit n'est complet tant qu'on ne sait pas ce qui est advenu de chaque protagoniste. Voilà donc :

— Léopold fut pressenti pour un haut poste administratif, mais il refusa. La dernière fois que j'entendis parler de lui, il tentait de fonder un atelier de théâtre et d'improvisation sur le patio. Il faut que je me souvienne d'éviter le coin.

— Clarissa a reçu une promotion, mais chante toujours trois soirs par semaine chez *Dixie's*. Elle remporte un grand succès : ces soirs-là, on refuse du monde.

— Et Jake ? Il est heureux comme une puce sur un saint-bernard. La Reine a mobilisé tout un bataillon pendant un mois pour qu'il cherche du sucre, qu'il le livre directement à Jake la Tremblote, mouche et héros.

— Velma a été nommée reporteur en chef du Service d'informations du Jardin suite au rôle qu'elle a joué dans la rédaction de cette page d'histoire. Elle me dit qu'elle ne va pas pour autant se choper la grosse tête. Ben voyons.

— Après l'échec de leur Plan, les guêpes sont restées quelque temps sur le sentier de la guerre. D'après ce que j'ai entendu, la Reine est plus folle que jamais. Un jour, une guêpe a commis l'erreur de piquer le petit-fils de l'Homme de la Maison. En un tournemain, l'Homme s'est emparé d'un bidon et a aspergé le Nid d'insecticide. Il a fallu l'évacuer d'urgence. Depuis, les guêpes recherchent une nouvelle demeure, parmi plusieurs jardins en contrebas. Personne ne les regrettera.

Et qu'en est-il de moi ?

Eh bien, lorsque l'émotion retomba, je me sentis un peu vidé. Je savais que la paix était revenue mais pour combien de temps ? Je ne pouvais m'empêcher de me poser la question. Combien de temps avant qu'un autre insecte avide de pouvoir ne mette le Jardin à feu et à sang ? que quelqu'un d'autre ne veuille me manger ? Nous vivions dans un monde rempli de mâchoires avides, et j'en avais assez. Le Jardin me sortait par les yeux. Je pensais à partir m'installer ailleurs. Peut-être que tout était bel et bien plus facile dans la Prairie ?

L'idée me trottait dans la tête, mais je devais encore rester : j'avais quelque chose à faire. Maintenant ou jamais.

Je demandai à Velma de m'accompagner pour faire une promenade du côté des orties. Elle acquiesça, bien qu'étonnée.

« Que faites-vous là ? » me demanda-t-elle.

Pour un insecte, elle n'aimait pas trop le grand air.

« Un peu de patience », dis-je, et je désignai la tige où était accroché le cocon.

Nous n'eûmes pas à attendre bien longtemps. Un frisson parcourut la cosse du cocon qui avait été Billy la chenille. J'eus un sourire. J'avais gardé un œil sur mon ex-jeune ami pour m'assurer que tout se passerait bien. Maintenant, le temps était venu...

Une mince fissure fendit toute la longueur de la cosse, puis se mit à s'élargir. Finalement, deux antennes en sortirent. Suivies d'une tête – celle du papillon qu'était devenu Billy. La clarté du soleil lui fit cligner les yeux, puis il extirpa de sa gangue le reste de son corps.

Au premier coup d'œil, assis au bord de sa cosse, il n'avait rien de bien spectaculaire. Ses ailes étaient petites et poisseuses et pendaient, inertes, à ses côtés.

« Il est censé avoir cette apparence ? chuchota Velma.

— Bien sûr, répondis-je. Il faut que le sang circule dans ses veines. C'est comme ça que ses ailes prendront leur taille définitive. »

Et, alors même que je parlais, ses ailes grandissaient sous nos yeux.

« C'est magnifique », fit Velma émerveillée.

Je ne risquais pas de la contredire. C'était pour ça que j'étais resté.

Le papillon qu'était devenu Billy était d'une beauté à couper le souffle. Ses ailes étaient une explosion de couleurs – d'un rouge sanglant veiné de noir velours et piqueté de bleu cristallin. Impressionnant ! Il tourna la tête vers nous, mais ne fit pas mine de nous reconnaître. C'est un effet de la métamorphose : vous oubliez tout. C'est comme une renaissance.

Le papillon étendit ses ailes pour les faire sécher et durcir à la chaleur du soleil. Enfin, il les déploya et s'envola.

En le regardant virevolter, je ressentis une certaine fierté. J'avais contribué à la sécurité de Billy la chenille. J'étais partiellement responsable de cette beauté qui s'éloignait sous nos yeux, à Velma et à moi.

Et c'est là que je compris. Il fallait que je reste dans le Jardin. Je n'avais certes pas le plus beau métier du monde, mais le Jardin avait besoin de quelqu'un comme moi. Quelqu'un qui fasse de son mieux pour protéger les petits gars tels que Billy. C'était aussi simple que ça : au milieu de ce monde de violence, il fallait un insecte qui ne soit pas violent. J'avais ma place entre ces parterres de fleurs.

Je me tournai vers Velma.

« J'ai faim, dis-je. Allons donc manger quelque chose. »

Vous connaissez les scarabées bousiers ? Ils mangent le crottin de cheval, qu'ils ramassent et roulent en boule avant de s'en repaître. Heureusement, je ne suis pas un bousier.

Alors que nous nous éloignions, Velma dit :

« Hé, vous ne m'avez jamais expliqué pourquoi on vous appelle Bug.

— Velma, répondis-je, c'est une longue histoire. Allons donc boire un verre chez *Dixie's*, vous et moi, et je vous raconterai tout... »

    1. ... sur le pont ... plein soleil

    2. Sur le pont ... la vie

    3. ... foie ... son ...

    4. Le prévenu ... dans ... souillon

    5. ... souche ... son ...

    6. ... bloc ... se prend ...

    7. Les pêches ... n'aissant tous ...

    8. ... le prix ... prend l'eau ...

    9. La pluie ... une complet ...

   10. ... Mais ... peut sur son rapport

   11. ... Ba ... vend la meche

   12. ... prend son envol   109

TABLE

1. Le privé en a plein les pattes   7
2. Sur la piste d'Eddie   13
3. Des fourmis dans les pattes   23
4. Le privé fonce dans la fourmilière   31
5. Une fine mouche et une grande sauterelle   41
6. Bug Muldoon prend un ver   49
7. Les insectes naissent tous ego   59
8. Le privé se jette à l'eau   67
9. Le privé nage complètement   75
10. Bug Muldoon fait son rapport   87
11. La guêpe vend la mèche   97
12. Bug Muldoon prend son envol   107

13. Du sirop pour les guêpes   115
14. Bug Muldoon se fait une toile   125
15. Englués dans la toile d'araignée   131
16. Un pour cinq, cinq pour un   139
17. Descente dans la fourmilière   143
18. La grande bataille du Jardin   151
19. La belle et le scarabée   159
20. Le dernier combat   167
    Épilogue   177

Composition Jouve - 53100 Mayenne
N° 309672w
Achevé d'imprimer en Italie par Rotolito Lombarda
32.10.2423.5/06 - ISBN : 978-2-01-322423-9
Loi n° 49-956 du 16 juillet 1949 sur les publications destinées à la jeunesse
Dépôt légal : août 2011